Günter Rudorf

Onkel Henry und die Spaghettibande

Mit Zeichnungen von
Ingeborg Haun

C. Bertelsmann

Umwelthinweis:
Alle bedruckten Materialien dieses
Taschenbuches sind chlorfrei,
umweltfreundlich und recyclingfähig.

1. Auflage · 11/1992

Aus dem Englischen von Hans-Georg Noack
Karte und Illustrationen von Clifford Wells
Einbandgestaltung: Klaus Renner
Satz: IBV Satz- und Datentechnik GmbH, Berlin
Druck: Presse-Druck Augsburg
ISBN 3-570-20064-7 · Printed in Germany

Leise, ganz leise! Niemand darf mich hören! Wenn ich kein Licht mache und aufpasse, merkt nicht einmal Gertrud, daß ich heimlich telefoniere... Mit diesen Gedanken liegt Bettina Maßberger in ihrem Bett. Das hereinfallende Mondlicht taucht das Zimmer in ein gespenstisches Halbdunkel. Die vier gleichgerahmten Fotografien an der gegenüberliegenden Wand, Schnappschüsse jedes Mitglieds der ›Spaghettibande‹, sehen aus wie schwarze Flecke, die am Schreibtischstuhl herunterhängenden Jeans wie abgeschlaffte Riesenarme. Und in die dunkle Ecke, wo der Schrank steht und der Bademantel hängt, wagt Tina gar nicht erst hinzuschauen. Brrr – schrecklich! Natürlich weiß sie, daß ihre Angst unbegründet ist, aber dennoch fürchtet sie sich. Immer, wenn sich die Vorhänge am offenen Fenster im Wind bewegen, zieht sie unwillkürlich den Kopf ein und stellt sich vor, daß draußen in der alten Kastanie jemand sitzt, der in ihr Zimmer schaut. Der Sturm heult in den Bäumen. Von Zeit zu Zeit ist in der Ferne Donnergrollen zu hören.

Unentschlossen, ob sie jetzt aufstehen oder lieber noch etwas warten soll, blickt Tina auf die Nachttischuhr. Es ist kurz vor dreiviertel zehn. Im Fernsehen beginnen gleich die Nachrichten. Dann sind Papa und Mama abgelenkt und achten nicht darauf, daß ich noch so spät Paolo anrufe. Aber er muß unbedingt wissen, daß ich morgen mittag zum Flughafen fahre. Sonst wartet er vergeblich vor dem Eissalon und ist bestimmt stocksauer. Hoffentlich rührt sich Felix nicht, wenn ich aufstehe, denkt Tina und schlägt vorsichtig die Bettdecke zurück. Aber da springt der Dackel schon aus seinem Korb und stellt sich schwanzwedelnd und erwartungsvoll vor ihr Bett.

»Ab in deine Heia! Du bleibst schön liegen, hast du gehört?«

Felix denkt nicht daran, zu gehorchen. Ungeduldig springt er am Bett hoch, läuft zur Tür und bleibt jaulend davor sitzen. Wütend steht Tina auf und trägt den Hund zurück in seinen Korb.

Sie droht ihm mit dem Finger. »Wehe, du machst noch einmal einen Mucks!«

Der Dackel schaut sie beleidigt an.

»Bleib ja liegen, sonst passiert was!«

Auf nackten Füßen schleicht Tina zur Tür. Ein letzter Blick zurück – Felix rührt sich nicht. »Braver Hund! Ich bin gleich wieder da!«

Erleichtert schließt sie hinter sich die Tür. Am Ende der langen Diele ist es etwas heller, das Licht der großen Wohnhalle scheint herauf. Auf Zehenspitzen geht Tina auf das Schreibzimmer ihrer Mutter zu, wo sich ein Telefon befindet.

Plötzlich bleibt sie stehen. Was sind das für Stimmen? Ist das der Fernseher? Nein, das klingt eher nach Streit! Tina lauscht angestrengt. Kein Zweifel, das sind Papa und Mama! Worum geht's denn? Etwa schon wieder um mich?

Neugierig schleicht Tina zur Treppe. Die Auseinandersetzung ihrer Eltern scheint immer heftiger zu werden. So leise wie möglich steigt sie ein paar Stufen hinunter, aber nur so weit, daß sie notfalls schnell wieder nach oben verschwinden kann. Sie platzt beinahe vor Neugierde. Dabei hat sie sich an ihrem dreizehnten Geburtstag fest vorgenommen, nie mehr irgendwo zu lauschen und ihre Nase nicht in Sachen zu stecken, die sie nichts angehen.

Da fliegt unten die Salontür auf. Tina duckt sich, um im Schutz des Geländers den Rückzug anzutreten.

Sie hört ihre Mutter erregt rufen: »Also wenn du dich Henri gegenüber so gemein benimmst, kannst du was erleben! Nimm diese Warnung ernst, Bernhard, ich spaße nicht!«

»Ich lasse mir doch nicht in meinem eigenen Haus den Mund verbieten! Schon gar nicht, wenn es sich um meinen Bruder handelt!« erwidert der Vater aufgebracht. »Schließlich habe ich ihn nicht eingeladen! Warum bleibt er nicht in seiner Wildnis? Was will er überhaupt hier?«

»Sag mal, schämst du dich nicht? Dreimal hat Henri uns angerufen, und du hast ihm mit keinem Wort zu verstehen gegeben, daß du ihn hier nicht sehen willst!«

»So etwas kann man ja wohl schlecht in einem Telefonat mit Amerika diskutieren!«

»Das ist dein Problem! Ich möchte jedenfalls keinen Ärger erleben, wenn er da ist! Hast du mich verstanden?«

Nach diesen Worten schlägt sie die Tür zu und eilt auf die Treppe zu.

Nichts wie weg, denkt Tina, hastet nach oben, läuft in ihr Zimmer und springt ins Bett.

Felix knurrt in seinem Korb. »Ruhe da unten!« befiehlt Tina leise. »Sonst zieh' ich dir die Ohren lang!« Kurz darauf öffnet Frau Maßberger die Tür. Zufrieden stellt sie fest, daß Tina nicht mehr liest und das Licht aus hat. Sie will sich unbemerkt zurückziehen – da springt der Dackel aus seinem Korb und bellt lebhaft. Im selben Moment fährt Tina im Bett hoch.

»Mama, was gibt's?«

Frau Maßberger nimmt den Hund auf den Arm, streichelt ihn kurz und trägt ihn zurück. »Tut mir leid, daß ich dich geweckt habe. Schlaf weiter! Es ist schon spät!« Sie beugt sich zu Tina hinunter und gibt ihr einen Gutenachtkuß.

»Mama, freust du dich auf Onkel Henri?«

»Natürlich, das weißt du doch.«

»Aber Papa freut sich weniger, stimmt's?«

»Wie kommst du darauf?«

Tina zögert mit der Antwort. Ein unbedachtes Wort, und sie verrät sich, daß sie gelauscht hat. »Weil er nie ein Wort über ihn verliert.«

»Ich glaube, das hängt damit zusammen, daß sie sich aus den Augen verloren haben. Kein Wunder – Onkel Henri lebt in Amerika und läßt wenig von sich hören.«

»Wie sieht er aus? So wie Papa?«

»Nein, ganz anders, aber das erzähle ich dir morgen!«

»Ich bin überhaupt noch nicht müde.«

»Aber ich. Außerdem habe ich Kopfschmerzen.« Frau Maßberger streicht ihrer Tochter übers Haar und steht, leicht seufzend, auf.

»Mama, um wieviel Uhr fahren wir zum Flughafen?«

»Sofort nach der Schule! Komm also schnell heim, sonst ist er früher da als wir.«

»Glaubst du, daß mich Onkel Henri mag?«

»Warum sollte er dich nicht mögen?«

»Er kennt mich doch gar nicht.«

»Ihr werdet euch bestimmt gut verstehen.«

»Weißt du, wann er abfliegt?«

»In ein paar Stunden. Wenn es bei uns zwei oder drei Uhr nachts ist. Von zu Hause ist er jedenfalls längst fort. Ich nehme an, daß er jetzt bereits in New York ist.«

Tina richtet sich plötzlich auf. »Mama, mir fällt gerade ein – ich müßte dringend Paolo anrufen!«

»Jetzt? Das kommt nicht in Frage!«

»Es ist aber wichtig. Ich muß ihm doch sagen, daß wir uns nach der Schule nicht treffen können.«

»Ruf ihn morgen früh an, bevor du aus dem Haus gehst!«

»Und wenn ich es in der Eile vergesse?«

»Ich werde dich dran erinnern. So, nun schlaf schön.«

»Du auch«, erwidert Tina und legt sich hin. Das Mondlicht ist inzwischen bis zu den vier Fotos hinübergewandert, die zwischen Tür und Schreibtisch hängen. Alle Bilder sind nun deutlicher zu erkennen: Paolo mit seinen schwarzen Locken beim Fußballspielen, Marek mit seinen tausend Sommersprossen bei einem Sprung vom Drei-Meter-Brett in den Baldeneysee, Ali beim Wagenpolieren im Hof der Tankstelle, in der sein Vater arbeitet. Das Foto ganz rechts ist ihr eigenes Bild, aufgenommen bei einem lustigen Ritt auf einem Kamel im sonnigen Tunesien.

Immer, wenn der Mond hinter den Wolken hervorkommt, wirft die Stehlampe einen langen Schatten auf den Teppich. In der Ecke dahinter, wo der alte Bauernschrank steht, sieht es richtig unheimlich aus. Als ob sich dort jemand verstecken würde. Ängstlich schließt Tina die Augen. Noch immer stürmt es, aber das Donnergrollen hat aufgehört.

Warum hat mir Mama nicht die Wahrheit gesagt? Weshalb mag Papa seinen Bruder nicht? Nur weil er jahrelang als Artist durch die Welt gezogen ist und nichts von sich hat hören lassen? Tinas Gedanken kreisen um den fremden Verwandten, der sich jetzt schon auf dem Weg zum New Yorker Flughafen befindet. Ob er mir wohl etwas mitbringt? Ach, das ist nicht so wichtig. Hauptsache, er kommt!

Müde geworden dreht Tina sich zur Wand und schläft schließlich ein.

In Rekordzeit radelt Tina von der Schule nach Hause. Das Auto ihrer Mutter steht bereits abfahrbereit in der Auffahrt zur Villa. Gertrud wischt mit einem Lappen den Staub von der Windschutzscheibe.

»Wo ist Mama?« ruft Tina ihr zu, als sie ihre Schultasche vom Rad nimmt.

»Ich glaube, sie telefoniert. Iß noch schnell etwas.«

»Hab' keinen Hunger!« Tina stürmt ins Haus. Sie sieht, daß ihre Mutter gerade den Hörer auflegt.

»Da bist du ja! Na, wie war's in der Schule?«

»Blöd wie immer.«

»Habt ihr eine Arbeit rausgekriegt?«

Tina schüttelt den Kopf. »Morgen schreiben wir Mathe!« Sie wirft ihre Schultasche auf die Treppe. »Mama, wann fahren wir?«

»In zehn Minuten! Iß schnell etwas!«

»Was gibt's denn?«

»Hühnchen mit Reis.«

»Ich nehme mir nur einen Joghurt!« Tina eilt in die Küche und tritt aus Versehen gegen Felix, der sich aufheulend in die Ecke verkriecht.

»Mach doch deine Augen auf! Mußt du dauernd den Hund umrennen?« ruft Frau Maßberger vorwurfsvoll.

»Ist doch nicht meine Schuld!«

»Armer, kleiner Liebling!« Besorgt nimmt die Mutter den Dackel auf den Arm, trägt ihn mit tröstenden Worten hinaus auf die Terrasse und setzt ihn in einen Liegestuhl.

Als Tina ihren Joghurt zu essen beginnt, hört sie Stimmen. Neugierig geht sie in die Diele und sieht ihre Mutter in der Haustür stehen. Mit wem redet sie? Nanu, sind das nicht Paolo und Marek? Was wollen die denn hier? Erstaunt geht sie, den Joghurt auslöffelnd, zur Tür. Ihre Mutter dreht sich zu ihr um. »Deine Freunde sind da – mit einer traurigen Nachricht.«

»Bei uns hat's gebrannt!« platzt Paolo heraus. »Die Gaststube hat's voll erwischt!«

»Wie ist denn das passiert?«

Paolo hebt die Schultern. »Vermutlich ein Kurzschluß, meint mein Vater, aber genau weiß er es auch nicht.«

»Wenn die Feuerwehr nicht so schnell dagewesen wäre, hätte das ganze Haus abbrennen können«, fügt Marek hinzu.

»Ihr habt Glück im Unglück gehabt«, sagt

Frau Maßberger. »Na, Hauptsache, es ist kein Mensch zu Schaden gekommen.«

»Das sagt meine Mutter auch.«

»Hoffentlich ist dein Vater gut versichert und findet schnell Handwerker, damit er schon bald wieder eure schöne Pizzeria aufmachen kann.«

»Er meint, das dauert bestimmt ein paar Wochen.« Paolo wendet sich Tina zu. »Ist das nicht saublöd? Ausgerechnet heute muß das passieren, wo dein Onkel ankommt. Jetzt könnt ihr die nächste Zeit leider nicht bei uns essen.«

»Er bleibt ja für länger, das holen wir nach.« Frau Maßberger blickt auf ihre Armbanduhr und erschrickt. »Entschuldigt, wir müssen zum Flughafen. Es ist höchste Zeit!«

»Ich ruf' euch nachher an! Seid ihr zu Hause?« fragt Tina und leckt den Joghurtlöffel ab.

»Bis vier Uhr haben wir Sport, dann bin ich bei Marek«, erwidert Paolo und geht mit seinem Freund zu den Rädern, die neben der offenen Garage stehen.

»So, jetzt aber Tempo, mein Fräulein!« Frau Maßberger eilt ins Haus, um ihre Handtasche mit den Papieren zu holen. Tina läuft in die Küche und wirft den Pappbecher in den Abfalleimer. Ein paar Minuten später sitzt sie angeschnallt neben ihrer Mutter im Auto. Aufatmend blickt Gertrud ihnen nach und schließt, mürrisch wie meistens, das Gartentor.

Eine Menge Leute warten in der Flughafenhalle auf die Passagiere, die vor zehn Minuten mit dem Jumbo aus New York gelandet sind. Tinas Ungeduld wächst. »Hoffentlich hat Onkel Henri das Flugzeug nicht verpaßt«, sagt sie zu ihrer Mutter.

»Wie kommst du denn auf diese Idee?«

»Könnte doch sein.«

»Dann hätte er uns bestimmt verständigt.«

Da schwingt die Glastür auf.

Die ersten Fluggäste verlassen mit ihrem Gepäck die Zollhalle. Freunde und Verwandte fallen sich glücklich in die Arme, andere blicken sich suchend um.

Immer mehr Passagiere erscheinen. Von Onkel Henri keine Spur. »Erkennst du ihn auch ganz bestimmt wieder?« fragt Tina, ohne die Tür aus den Augen zu lassen. Ein fröhlich dreinschauender Japaner mit drei kleinen, verschüchterten Mädchen, die alle die gleiche Puppe an sich drücken und sich wie ein Ei dem anderen ähneln, kommt aus der Ankunftshalle. Eine aufgetakelte Frau in weißem Minikleid stürzt ihnen so aufgeregt entgegen, daß ihr bei dem Versuch, alle Kinder gleichzeitig in die Arme zu nehmen, der gelbe Strohhut vom Kopf rutscht. In diesem Augenblick tritt ein Mann aus der Tür, der alle Blicke auf sich zieht. Breitbeinig steht er da und schaut ratlos in die Runde. Unter seinem offenen Lederwams leuchtet ein blaugelbkariertes Hemd. Die khakifarbene Hose mit prallgefüllten Seitentaschen steckt in schwarzen, mit Silbernägeln beschlagenen Stiefeln. Der Mann hat blondes, welliges Haar und einen eisgrauen Vollbart. In der einen Hand trägt er zwei Reisetaschen und einen Kleidersack, mit dem anderen Arm hält er einen riesengroßen Bären umfangen. So ein Monstrum hat Tina noch nie gesehen. Als sich der Fremde zur Seite wendet, fällt ihr der braune Cowboyhut auf seinem Rükken auf.

»Könnte er das sein?« fragte Tina erstaunt. Ihre Mutter nickt und beginnt plötzlich lebhaft zu winken.

»Ja, das ist Onkel Henri!«

Tina hat ihn sich ganz anders vorgestellt. Mit ihrem Vater, der viel schlanker ist und sich immer nur korrekt anzieht, hat er nicht die geringste Ähnlichkeit.

Da tritt ein breites Grinsen in Onkel Henris Gesicht. Mit großen Schritten bahnt er sich einen Weg zu ihnen, läßt das Gepäck fallen, nimmt den Bären in die andere Hand, umarmt seine Schwägerin und küßt sie auf beide Wangen.

»Schön, daß du da bist, Henri! Herzlich willkommen!« Frau Maßberger will nach den Reisetaschen greifen, aber dazu kommt sie nicht, weil er ihr den Bären gibt und mit seiner tiefen Stimme sagt: »Entschuldige, Ilse, erst muß ich mal meine kleine, hübsche Nichte begrüßen!« Lächelnd gibt er Tina die Hand. »Na, so klein bist du ja nicht mehr. Tut mir leid, daß du deinen komischen Onkel erst heute zu Gesicht bekommst! Ich freue mich, daß du mit zum Airport gekommen bist.«

»Ist ja nicht so weit von Essen nach Düsseldorf«, erwidert Tina leicht verwirrt. Kein Mensch in der Flughalle ist so verrückt gekleidet wie Papas Bruder.

Lachend drückt er ihr das dicke Plüschtier in die Arme. »Den hab' ich extra für dich gefangen und gezähmt! Er beißt nicht, macht wenig Dreck und läßt sich gut im Haus halten. Ganz im Gegensatz zu all den anderen Bären, die dort leben, wo ich herkomme. Weißt du, an der kanadischen Grenze kreucht und fleucht noch eine ganze Menge Getier herum.«

Tina nickt. »Vielen Dank. Der ist ja fast größer als ich.« Der Bär ist so dick, daß sie ihn kaum mit einem Arm umfassen kann. Sie nimmt beide dazu.

»Ihr werdet euch bestimmt großartig vertragen. Hast du denn auch ein gemütliches Plätzchen für ihn.«

»In meinem Zimmer ist für den Bären Platz genug.«

»Ich glaube, bei dir wird er es gut haben.« Onkel Henri ergreift sein Gepäck und schaut sich um. »Tut gut, nach so langer Zeit endlich wieder mal Heimatluft zu schnuppern!«

»Es hat sich bei uns viel verändert.«

»Wie überall in der Welt. Ich bin gespannt wie ein Flitzebogen, alles wiederzusehen. Wie geht's dem lieben Bernhard?«

»Gut. Er arbeitet nur ein bißchen zuviel.«

»Hauptsache, er fühlt sich wohl, und der Rubel rollt.«

»Das ist auch seine Meinung.«

Kurz vor dem Parkplatz sagt Ilse Maßberger: »Du wirst sicher sehr müde sein.«

»Ich habe zwar die ganze Nacht kaum ein Auge zugemacht, aber ich bin ja nicht zartbesaitet, wie du weißt.«

Mit einem Blick auf Tina fügt er hinzu: »Stell dir vor, Bettina, beinahe hätte ich gestern abend das Flugzeug verpaßt.«

»Warum?«

»Weil ich einem Räuber in die Hände gefallen bin.«

»Das ist ja schrecklich!«

»Mir ist zum Glück nichts passiert, nur mein Koffer ist futschikato!«

»Was? Du bist bestohlen worden?«

»Am hellichten Tag! Auf der Straße! Hinter meinem Rücken! Ich sage euch, die klauen in New York wie die Raben!«

»Wie ist denn das passiert?«

»Ich stand auf der Straße und wartete auf ein Taxi, aber es kam und kam nicht. Auf einmal dreh' ich mich um, da hatte sich der Koffer in Luft aufgelöst!«

»Und was war drin?«

»Mein guter Anzug, Hemden, Wäsche, Schuhe und so weiter. Aber das läßt sich ja alles verschmerzen, Ilse. Leid tut's mir nur um das Fotoalbum.«

Onkel Henri verstaut sein Gepäck im Kofferraum. »Jetzt kann ich euch leider nicht mehr die schönen Bilder von Betty und von unserem Haus zeigen.«

Voller Mitgefühl schaut Tina ihren Onkel an. Tante Betty, seine Frau, ist vor einem halben Jahr gestorben. Sicher muß er sich sehr einsam fühlen – allein drüben in Amerika.

Beim Einsteigen schlägt Frau Maßberger vor: »Henri, morgen fahren wir in die Stadt und kaufen ein, was du brauchst.«

»Das ist nicht nötig, Ilse. Ich komm' mit meinen übrigen Sachen aus, ich bin genügsam.« Onkel Henri wendet sich Tina zu. »Hast du was dagegen, wenn ich vorne sitze?«

»Ist doch logo. Dann siehst du auch mehr.«

»Danke.« Er zwängt sich auf den engen Sitz und dreht sich zu ihr um. »Jetzt bin ich aber neugierig auf euer Haus! Und der Bär wohl ebenso.«

»Euch beiden wird es bestimmt bei uns gut gefallen.«

»Hoffentlich erleben wir keine böse Überraschung!«

»Wieso? Was meinst du damit, Onkel Henri?«

»Sag mal – habt ihr einen Hund?«

»Ja, einen Dackel.«

»Das ist gut! Da fällt mir ein Stein vom Herzen! Dann gibt's überhaupt kein Problem! Mit Dakkeln versteht sich der Bär nämlich prächtig, nur große Hunde kann er nicht ausstehen! Die möchte er am liebsten alle in Stücke reißen!«

»Da haben wir uns ja den Richtigen angeschafft«, sagt Frau Maßberger vergnügt. Sie findet, daß ihr Schwager immer noch der alte Spaßvogel ist und so unkompliziert wie früher.

Glücklich drückt Tina den Bären an sich. Sie stellt sich das Gesicht ihres Vaters vor, wenn er diesen Riesenbrummer sieht. Und erst seinen Bruder mit Cowboyhut und Stiefeln und dem grauweißen Bart!

Einfach toll, daß Onkel Henri keinen feinen Anzug anhat mit weißem Oberhemd und goldenen Manschettenknöpfen, mit Krawatte und dazu passendem Einstecktuch. Das würde auch gar nicht zu ihm passen.

Ich glaube, mit Onkel Henri wird es bestimmt lustig. Mensch, bin ich neugierig, was Paolo und Marek zu ihm sagen. Die denken doch bestimmt, da kommt so 'n Typ wie Papa. Die werden Augen machen!

2

Das schlichte Einfamilienhaus, in dem die zwölfjährige Julia Wehrle krank im Bett liegt, steht am Ortsausgang von Pfalzgrafenweiler. Sommerlicher Friede liegt über der kleinen Ortschaft im mittleren Schwarzwald. Bienen summen durch den üppig blühenden Garten, in dessen Mitte ein Springbrunnen sprudelt. In den Obstbäumen zwitschern Vögel. Taubenschwärme kreisen hin und wieder über den Dächern, und hoch am wolkenlosen Nachmittagshimmel kann Julia, wenn sie von ihrem Buch aufblickt, erstaunlich viele Schwalben segeln sehen.

Ein nach Süden fliegendes Flugzeug, winzig wie eine Stecknadel, zieht plötzlich ihre Aufmerksamkeit auf sich. Es hinterläßt einen schnurgeraden weißen Strich, der sich allmählich auflöst und im lichten Blau zerfließt. Ach, wäre das schön, wenn ich jetzt in diesem Flugzeug sitzen könnte, statt hier in meinem kleinen Dachzimmer matt und müde herumzuliegen, denkt Julia. Sie ist noch nie geflogen, und sie war auch noch nie auf einem Flughafen. Der nächste ist in Stuttgart, wo ihre Tante Uschi wohnt, aber die läßt nur wenig von sich hören. Lediglich zu Weihnachten kommt von ihr Post, ganz im Gegensatz zu Tante Hallo in Kufstein. Die hat ihr schon ein paarmal hübsche Ansichtskarten aus Tirol geschrieben und gute Besserung gewünscht. Zu ihrem Geburtstag im Mai hat sie von ihr ein spannendes Buch bekommen. Zweimal schon hat sie es begeistert gelesen und ihrer Puppe Maja davon erzählt. Vor acht Tagen hat sie es ihrer Freundin Susi geliehen.

Plötzlich kommt ihr eine Idee. Ich könnte Tante Hallo eigentlich ein Bild malen! Ja, das mach' ich, darüber wird sie sich freuen. Ich male, was ich von meinem Bett aus sehen kann: die Bäume in unserem Garten mit der Kirchturmspitze und dem Wald dahinter. Und die vielen Schwalben, die in der Sonne herumfliegen, kommen auf das Bild, ebenfalls das Flugzeug. Und dazu schreibe ich: Liebe Tante Hallo, mit diesem Flugzeug komme ich Dich besuchen, sobald ich wieder gesund bin.

Julia überlegt, wo ihr großer Zeichenblock und die Malstifte sein könnten. Sie hat sie schon lange nicht mehr benutzt. Alles andere, was sie zur täglichen Abwechslung braucht, steht und liegt griffbereit neben ihrem Bett: das Radio, ein paar Kassetten, das große Wilhelm-Busch-Album, das ihr die Deutschlehrerin vorbeigebracht hat, und das Würfelspiel, mit dem sie sich oftmals die Zeit vertreibt. Wo sind bloß meine Malsachen?

Da fällt es ihr ein: Nebenan in der Rumpelkammer müssen sie liegen. Und zwar in dem Regal, in dem unten die Skischuhe stehen. Wo ihr Kasperltheater und die vielen Kartons mit den alten Spielsachen und Puppenkleidern sind.

Der Doktor hat sie zwar bei seinem letzten Besuch wieder ermahnt, sie solle sich schonen und möglichst wenig aufstehen, aber die paar Schritte bis nebenan wird sie schon schaffen, wie sie glaubt.

Als sich Julia aufsetzt und die dünnen Beine aus dem Bett heraushängen, beginnt der Wellensittich lebhaft zu zetern. Er scheint sich zu wundern, daß sie aufsteht. Aufgeregt hüpft er von seiner Schaukel auf die darunterliegende Stange, drückt sich an das Gitter und beobachtet, was Julia vorhat.

»Bubi, ich hole nur meine Malsachen«, sagt Julia und schlüpft in ihre Pantoffeln. Ein leichtes Schwindelgefühl erfaßt sie. Ihre Beine fühlen sich schwach an. Kein Wunder, wenn man schon über vier Wochen lang immer nur liegt und nur aufstehen darf, wenn man zur Toilette muß. Langsam, Schritt für Schritt, schleppt sich Julia bis zur Tür. Erschöpft bleibt sie stehen und atmet tief durch. Sie merkt, daß sie richtig wakkelig auf den Beinen ist, viel unsicherer als sonst. Soll ich mich lieber wieder hinlegen? überlegt sie. Aber sogleich verwirft sie den Gedanken. Bis ihre Mutter vom Schneider zurück ist, für den sie in Heimarbeit näht, kann die Zeichnung für Tante Hallo vielleicht schon fertig sein.

Julia reißt sich zusammen und tritt hinaus in die halbdunkle, mit Kommoden und Schränken vollgestellte Diele. Was ist nur mit ihren Beinen los? Sie fühlen sich an wie aus Gummi. Julia muß sich festhalten, um nicht umzufallen. Die wenigen Schritte bis zur Abstellkammer fallen ihr entsetzlich schwer.

Als sie nach der Türklinke greift, wird ihr plötzlich schwarz vor Augen. In ihren Ohren rauscht es gewaltig, ein heißer Schauer überläuft sie, und besinnungslos stürzt sie zu Boden.

»Na, Julia, hast du gut geschlafen?« fragt eine Stimme, als sie wieder aufwacht. Sie gehört Dr. Luther, dem immer zu einem Scherz aufgelegten Arzt, mit dessen beiden Söhnen sie das Gymnasium besucht, wenn auch in verschiedenen Klassen. Nachdenklich sitzt er neben ihrem Bett, das Stethoskop umgehängt.

»Du hast leicht erhöhte Temperatur, aber das kriegen wir schon wieder hin.«

Julia schluckt. Sie spürt, daß sie einen trockenen Hals hat. Seit wann sitzt der Doktor bei ihr? Sie hat ihn gar nicht kommen hören. Wo sind die Malsachen? Sie blickt auf den Beistelltisch, aber dort liegen nur Bücher und ihre Armbanduhr.

»Suchst du etwas?« fragt Dr. Luther und läßt eine weiße Tablette in ein Glas Wasser fallen.

In diesem Augenblick erinnert sie sich, daß sie vorhin – wann war das nur? – aufgestanden ist, aber die Rumpelkammer nicht erreicht hat. Was ist passiert? Wie ist sie wieder ins Bett gekommen?

»Trink das! Das wird dir guttun.« Dr. Luther reicht ihr das Glas. »Und das nächste Mal stehst du nicht wieder auf, wenn du allein im Haus bist?«

»Wo ist Mutti?«

»Sie telefoniert.«

Julia trinkt einen Schluck. Lächelnd nimmt ihr Dr. Luther das Glas ab.

»Habe ich lange geschlafen?«

»Das weiß ich nicht. Deine Mutter hat dich wieder ins Bett gebracht. Du weißt doch, daß du nicht herumlaufen sollst. Sei vernünftig, Julia. Je mehr du dich schonst, desto früher bist du wieder auf den Beinen.«

»Ich wollte nur meine Malsachen holen.«

Der Arzt beugt sich vor, knöpft ihr das Nachthemd auf und beginnt Julia mit dem Stethoskop abzuhorchen. Dann legt er kurz die Hand auf ihre Schläfe, nimmt das Hörrohr ab und legt es in seine Arzttasche zurück.

»Muß ich wieder ins Krankenhaus?«

»Wie kommst du denn darauf?«

»Mutti hat das gesagt.«

»Das steht gar nicht zur Debatte. Du schaffst das, wie ich hoffe, auch ohne Krankenhaus.«

»Wie nennt man denn meine Krankheit? Meine Freundin hat mich gefragt, und ich wußte nicht, was ich sagen sollte.«

»Du bist momentan total erschöpft. Dein Körper besitzt zu wenig Abwehrkräfte. Du merkst doch selbst, wie müde und schlapp du dich fühlst. Aber wir kriegen das schon gemeinsam wieder in den Griff. Es braucht nur seine Zeit, wie alles im Leben.«

Die Worte klingen zuversichtlich, aber Julia glaubt nicht so recht daran. Dazu geht es ihr schon zu lange so schlecht, und alle Prophezeiungen, sie würde bald wieder zur Schule gehen können, haben sich bisher nicht erfüllt.

Forschend blickt sie den Hausarzt an. »Herr Doktor, muß man sterben, wenn man so schwach ist wie ich?«

»Sterben müssen wir alle mal, aber du brauchst an so etwas noch gar nicht zu denken. Wie gesagt, wenn du wieder ganz fieberfrei bist und mehr Appetit hast, vergeht auch deine Müdigkeit, und dann ist der ganze Spuk vergessen.«

»Aber ich habe doch schon seit vielen Wochen dauernd Fieber. Wie kommt das?«

Liebevoll streicht ihr der Arzt über das braune, strähnige Haar. »Es gibt leider Krankheiten, die hartnäckig sind. Mit denen muß man sich eben mehr herumplagen, bis man sie endlich los ist und sich wieder pudelwohl fühlt.«

»Manchmal glaube ich, daß ich nie mehr gesund werde.«

Julia sagt das so verzagt, daß Dr. Luther sein Erschrecken kaum verbergen kann. Ahnt das Mädchen etwas von seinem Schicksal?

Er steht auf und schaut voller Bewunderung auf die kunstvoll mit Julias Namen versehenen fünf Urkunden, die gerahmt und unter Glas über ihrem Bett hängen: lauter erste Preise, die sie bei Skirennen in den letzten drei Jahren gewonnen hat. »Sieh mal, an der Wand ist noch viel Platz, Julia! Ich hoffe, daß du im nächsten Winter wieder die Nase vorn hast.«

»Schön wär's, aber...« Julia spricht nicht weiter. In ihren grauen Augen schimmert es feucht, sie ist den Tränen nahe.

»Verlier nicht den Mut, Julia! Das solltest du niemals tun. Du willst doch wieder mal bei einem Skirennen als Sieger durchs Ziel gehen!«

Julia antwortet nicht. Sie kann sich im Moment gar nicht vorstellen, noch einmal auf Skiern zu stehen. Aber vielleicht hat Dr. Luther recht, und sie ist im nächsten Winter wirklich wieder die Schnellste in ihrer Altersklasse.

Der Arzt hebt seine Instrumententasche auf und will sie zumachen. Da hellt sich seine Miene auf. »Fast hätte ich's vergessen: Ich habe dir ja was mitgebracht.« Er holt ein schmales, hübsch eingewickeltes Päckchen aus der Tasche und gibt es Julia.

»Danke, Herr Doktor. Darf ich es gleich aufmachen?«

Vorsichtig, um das Papier nicht einzureißen, öffnet Julia die Verpackung. Zum Vorschein kommt ein Tagebuch mit Goldschnitt – mit ihrem eingeprägten Vornamen auf dem roten Ledereinband. Es ist mit einem winzigen Schloß versehen, an dem ein flacher Schlüssel hängt.

»Du schreibst doch so gern, hast du mir mal erzählt, und da hat meine Frau gemeint, was gibt es da Besseres als so ein Tagebuch, dem man alles anvertrauen kann.«

Julia schaut den Doktor aus großen Augen an. Ein tolles Geschenk! Ihr erstes Tagebuch! Und wie schön es ist! Viel wertvoller als ihr Fotoalbum, das vom vielen Anfassen schon ganz flekkig aussieht.

»Also, Julia, dann bis morgen.«

»Herr Doktor…« Der Arzt wendet sich an der Tür um. »Warum haben Sie mir das geschenkt?«

Schmunzelnd erwidert Dr. Luther: »Das hättest du schon viel früher haben sollen, aber ich Trottel habe doch glatt deinen Geburtstag vergessen.«

»Ach so.« Julia lächelt ein wenig. »Da schreibe ich gleich was hinein! Vielen Dank, Herr Doktor.«

In diesem Moment kommt Julias Mutter ins Zimmer. Sie ist Ende Dreißig und hat schon graues Haar. Sie sieht abgespannt aus. Kein Wunder: Vor lauter Arbeit weiß sie manchmal nicht, wo ihr der Kopf steht. Frau Wehrle gehört zu jenen Müttern, die sich Zeit ihres Lebens nichts gönnen und die immer nur für ihre Familie da sind. Mit einem Blick erfaßt sie, daß Julia in erstaunlich guter Verfassung zu sein scheint.

»Mutti, sieh mal! Das hat mir Dr. Luther mitgebracht!« Voller Stolz hält sie ihr das Tagebuch entgegen.

»Das ist aber schön. Hast du dich auch bedankt?«

Dumme Frage, denkt Julia und nickt beleidigt. Nach einem kurzen Blick auf das Geschenk sagt Frau Wehrle: »Ich bringe Sie hinaus, Herr Doktor. Ich habe sowieso noch eine Frage.«

»Mach's gut, Julia. Bis morgen.«

»Wiedersehen, Herr Doktor.«

Als sie allein ist, drückt Julia hocherfreut das Tagebuch an ihre Lippen. Ein Supergeschenk! Dann schlägt sie es auf und stellt fest, daß es in Monate unterteilt ist, und daß man auf der dritten Seite alles Persönliche über sich eintragen kann: Geburtsdatum, Geburtsort, Adresse, Telefon, besondere Kennzeichen und so weiter.

Und das Tollste ist: Das Tagebuch läßt sich abschließen, und niemand kann es heimlich lesen!

Julia greift neben das Kopfkissen, wo meistens ihre Lieblingspuppe liegt, die sie auch mit ins Krankenhaus nehmen durfte. »Maja, was sagst du zu diesem irren Tagebuch? Von Dr. Luther! Ist das nicht Spitze?«

Sie setzt die Puppe neben sich an die Wand und schaut sich nach ihrem Kugelschreiber um. Da kommt ihre Mutter wieder herein, in der Hand ein Taschentuch, mit dem sie sich kurz durchs Gesicht fährt und dann verlegen schneuzt.

»Hast du geweint?« fragt Julia erschrocken.

Frau Wehrle überhört die Frage. »Wie kommst du dazu aufzustehen, während ich weg bin? Das habe ich dir doch ausdrücklich verboten!«

»Ich wollte nur meine Malsachen holen.«

Frau Wehrle sinkt auf den Stuhl und bricht plötzlich in Tränen aus. »Mach mir doch nicht noch mehr Kummer, als ich ohnehin schon habe, Kind! Wie soll das denn weitergehen mit dir? Du hättest ja die Treppe runterstürzen können und dann ...« Die weiteren Worte gehen in ihrem Aufschluchzen unter.

»Mutti, was hast du? Warum weinst du?«

»Weil ich mir Sorgen um dich mache!«

»Ich versprech' dir, ich stehe nie mehr auf, wenn ich allein im Haus bin.«

»Ach, ich frag' mich manchmal, warum müssen ausgerechnet wir soviel Leid ertragen?«

»Dr. Luther sagt, ich könnte im nächsten Winter wieder Ski laufen.«

Überrascht nimmt die Mutter die Hand mit dem Taschentuch vom Gesicht. »Ach, Kind, dann müßte schon ein Wunder geschehen, und daran glaube ich nicht.«

»Er hat aber gesagt...«

»Ja, es ist gut, daß er uns immer aufmuntert und Mut macht und daß er so oft vorbeikommt und nach dir sieht.« Frau Wehrle tupft sich über die Augen. »Aber helfen kann nur der liebe Gott.« Seufzend erhebt sie sich und klopft das verrutschte Oberbett zurecht. »Ich mach' dir jetzt ein Müsli. Magst du?«

»Nicht jetzt. Vielleicht nachher.«

»Ich tu' viel Honig rein, dann schmeckt es noch besser.«

»Mach es nicht zu süß, das vertrag' ich nicht.«

»Gut, wie du willst. Ich bring' es dir gleich.«

Nach einem kurzen Blick auf den Wellensittich und den Zustand seines Käfigs geht sie zur Tür.

»Mutti, was hast du vorhin Dr. Luther gefragt?«

Wie angewurzelt bleibt Frau Wehrle stehen. Sie sucht nach einer Ausrede. Sie kann dem Kind ja nicht die Wahrheit sagen.

»Warum sagst du nichts?«

»Kind, ich weiß nicht mehr, worüber wir gesprochen haben. So wichtig war es offensichtlich nicht. Ich glaube, ich habe ihn gefragt, was ich dir besonderes kochen soll, damit du besser ißt.« Mit diesen Worten verläßt Frau Wehrle das Zimmer.

Julia gibt sich mit der Antwort zufrieden. Sie schlägt das Tagebuch auf und trägt mit sorgfältiger Schrift ihre persönlichen Daten auf der dritten Seite ein. Dann sucht sie den Monat Juni, schreibt oben das Datum hin, überlegt eine Weile und beginnt mit den Worten:

»Heute ist Freitag, ein Glückstag. Doktor Luther hat mir dieses Tagebuch geschenkt. Er hat mir versprochen, daß ich wieder gesund werde und im nächsten Winter...«

Weiter kommt sie nicht. Von einer plötzlichen Müdigkeit ergriffen, fallen ihr die Augen zu. Tagebuch und Kugelschreiber entgleiten ihren Händen.

Klatsch! Da liegt die Suppenschüssel, voll mit Eiern, auf den frischgeputzten Fliesen. Gertrud stößt einen Fluch aus und starrt entsetzt auf die wabbelige, aus den Schalen herausgespritzte Masse. Bis zum Kühlschrank sind die Scherben geflogen.

Ausgerechnet jetzt muß mir das passieren, wo mir ohnehin die Zeit auf den Nägeln brennt, denkt das Hausmädchen und holt, diesen hektischen Tag verwünschend, Aufwischtücher, Kehrblech und Handbesen. Der widerliche

Matsch muß schnell verschwinden, bevor jemand kommt und hämische Bemerkungen über ihr Mißgeschick macht. Ein Glück, daß Frau Maßberger auf dem Weg zum Flughafen ist und das nicht sieht.

Während Gertrud aufwischt, trippelt Felix in die Küche. Schnuppernd bleibt er stehen, bellt lebhaft und steckt seine Schnauze in den Eierbrei. Aber da ist er bei ihr an die Richtige geraten. Sie ist ohnehin nicht gut auf den kleinen, quirligen Dreckmacher zu sprechen. Resolut packt sie ihn beim Schlawittchen und wirft ihn mit den Worten: »Raus mit dir, du Miststück!« aus der Küche. Beleidigt heult der Dackel auf und saust mit eingezogener Rute davon.

Gertrud rutscht auf ihren Knien weiter und reibt die Fliesen sauber. Vor lauter Eifer hört sie nicht, daß sich Onkel Henri, aus dem Garten kommend, in der Diele die Schuhe abputzt und erstaunt an der Küchentür stehenbleibt. Als sie seine unverkennbare Stimme hört, tief wie ein Baß und mit leichtem amerikanischen Akzent, fährt sie erschrocken herum.

»Gibt's heute Spiegeleier mit Bohnerwachs?«

Gertrud kriegt einen roten Kopf und macht

sich, ohne zu antworten, wieder an die Arbeit. Nach Späßen ist ihr nicht zumute, eher nach Tränen. Denn wenn sie nicht spätestens in einer Viertelstunde an der Bus-Haltestelle ist, kommt sie nicht mehr pünktlich zum Arzt.

Onkel Henri bedauert seine flapsige Bemerkung. Seine herzensgute, unvergessene Betty hätte über seinen Scherz bestimmt gelacht und ihm gleich die passende Antwort gegeben, aber Gertrud besitzt nicht für fünf Pfennig Humor. Das ist ihm schon gleich in den ersten Tagen unangenehm aufgefallen.

Mit den Worten: »Zu zweit geht alles besser!« schnappt sich Onkel Henri einen Aufnehmer und beginnt, die am weitesten geflogenen Scherben einzusammeln. Dabei malt er sich aus, was für ein Gesicht sein Bruder machen würde, wenn er das sähe. Wahrscheinlich würde er Gertrud ganz schön anpfeifen.

»Lassen Sie das, Herr Maßberger! Sie machen sich nur schmutzig«, sagt das Hausmädchen, leicht verwirrt. Es ist ihr unangenehm, daß ihr der Bruder ihres Chefs beim Saubermachen zur Hand geht. Insgeheim jedoch freut sie sich darüber, denn dadurch gewinnt sie wertvolle Zeit.

Onkel Henri überhört den Einwand. Warum soll er nicht helfen? Er hat ja genug Zeit, und außerdem ist ihm keine Arbeit zuviel. Seit Bettys Tod muß er ohnehin in seinem einsam gelegenen Holzhaus nördlich des Michigansees alles allein tun: putzen, kochen, waschen und dafür sorgen, daß der Haushalt nicht vergammelt.

Plötzlich ist hinter ihnen eine scharfe, schneidende Stimme zu hören. Bernhard Maßberger steht in der Tür, in der einen Hand seinen Aktenkoffer, in der anderen ein paar Zeitschriften. Mißbilligend wölben sich seine Brauen über der randlosen Brille.

»Was sind denn das hier für Zustände?« ruft er vorwurfsvoll. »Gertrud, sind Sie noch bei Trost? Sie können doch nicht meinen Bruder auf dem Küchenboden rumrutschen lassen? Das ist Ihre Arbeit! Ist das klar?«

Bevor das völlig verdatterte Hausmädchen auch nur ein erklärendes Wort herausbringt, sagt Henri seelenruhig: »Bruderherz, reg dich ab! Das war meine Idee! Gertrud hat sogar dagegen protestiert!« Demonstrativ läßt er eine große Scherbe in den Abfalleimer fallen.

Herr Maßberger steht noch immer da wie jemand, der unter eine kalte Dusche geraten ist und nicht weiß, ob er sich beleidigt schütteln oder die Sache gelassen hinnehmen soll. Was erlaubt sich sein Bruder eigentlich – noch dazu vor den Augen des Personals? So etwas darf man sich doch nicht bieten lassen! Man verliert ja als Hausherr jeden Respekt!

»Hast du ein paar Minuten Zeit?« fragte er kühl. »Ich möchte dich sprechen.«

»Okay.« Henri wirft das Wischtuch ins Spülbecken. »Ich wasche mir nur noch schnell die Hände.«

»Ich bin oben.« Mit einem Blick auf das Hausmädchen, der Bände spricht, eilt Bernhard Maßberger aus der Küche.

Laut seufzend steht Gertrud auf und trocknet sich die Hände an der Schürze ab. »Sehen Sie, jetzt haben wir die Bescherung! Sie hätten mir nicht helfen sollen. Dieser Ärger hat mir gerade noch gefehlt!«

»Ach was, machen Sie sich nur keine Sorgen!« erwidert Henri unbeeindruckt, geht in sein Zimmer und wäscht sich in aller Ruhe. Dann wirft er einen Blick aus dem Fenster, von dem aus man die Terrasse und die Schwimmhalle sieht. Auf einem der buntgeblümten Liegestühle hat es sich Felix bequem gemacht. Die Schnauze ruht auf den Pfoten, die Augen sind gelangweilt auf den Park gerichtet.

»Na, dann auf in den Kampf«, sagt Henri zu sich und geht zu seinem Bruder hinüber. Mit einem Blick erfaßt er, daß er sich auf was gefaßt machen muß. Steif wie eine Wachspuppe, mit frostiger Miene, thront Bernhard hinter dem Schreibtisch und deutet mit knapper Geste auf den davorstehenden Stuhl.

»Setz dich!«

»Dauert's lange? Sonst würde ich gern stehenbleiben.«

Herr Maßberger überhört die Bemerkung und kommt gleich zur Sache. »Henri, du weißt, daß wir nicht auf der gleichen Wellenlinie liegen und in vielen Dingen verschiedener Meinung sind, aber was zu weit geht, geht zu weit!«

»Was habe ich denn verbrochen?«

»Mir paßt es nicht, wie du dich in meinem Hause aufführst!«

Henri lacht belustigt auf. »Bitte etwas konkreter! Was hat dich denn so auf die Palme gebracht?«

»Lach nicht! Wir sind hier nicht im Zirkus!« erwidert Herr Maßberger ungehalten. Seine Miene verfinstert sich noch mehr. »Du führst dich auf wie ein Cowboy! Aber wir sind hier nicht im Wilden Westen, wo jeder tun und lassen kann, was er will! Vielleicht ist es dort, wo du lebst, üblich, daß man den schwarzen Hausmädchen hilft, damit sie noch fauler werden! Aber hier, in meinem Haus...«

»Sag mal, hast du noch alle Tassen im Schrank?« unterbricht Henri die Schimpfkanonade. »Dir braucht wirklich kein Zacken aus der Krone zu fallen, nur weil ich mich für ein paar Minuten nützlich gemacht habe!«

»Das mußt du mir schon überlassen, wie ich so etwas beurteile! Du hast hier nicht das Sagen! Du bist Gast und hast dich gefälligst nach uns zu richten!«

Du blöder, arroganter Kerl, denkt Henri und beschließt, die Auseinandersetzung nicht auf die Spitze zu treiben. Bernhard hat recht – wir sind total verschieden! Er ist ein feiner Pinkel, nach dessen Pfeife alle tanzen müssen – ich betrachte die Welt eben viel lockerer.

Für einen Moment herrscht Schweigen.

Dann sagt Herr Maßberger: »In deiner Wildnis in Amerika kannst du meinetwegen rumlaufen, wie du willst, aber nicht hier! Ich begreife überhaupt nicht, woher du den Mut nimmst, dich so vergammelt auf die Straße zu trauen!«

Erstaunt blickt Henri an sich hinunter. Was ist an meiner Kleidung zu beanstanden? Das karierte Hemd? Daß ich die Ärmel hochgekrempelt habe und man mein Messingarmband sieht? Ärgert sich Bernhard über meine abgewetzte Cordhose? Oder stört ihn, daß ich Turnschuhe anhabe?

»Ich möchte nicht wissen, Henri, wie unsere Nachbarn über dich denken! Dieser Aufzug – in deinem Alter! Schließlich bist du ja keine zwanzig mehr!« Bernhard Maßberger steht auf und nimmt seine Brille ab. »Außerdem – was soll Tina von dir denken? Hast du dir das schon einmal überlegt?«

»Wir können sie ja mal fragen!«

Herr Maßberger übergeht die Bemerkung.

»Und wenn wir schon mal dabei sind, uns auszusprechen, noch etwas: Ich halte es für unerläßlich, daß du dich, wenn du schon unsere Gastfreundschaft in Anspruch nimmst...«

»Aha, jetzt begreife ich endlich, worauf du hinaus willst!« fällt ihm Henri ins Wort. »Warum sagst du mir nicht offen ins Gesicht, daß ich verschwinden soll? Daß ich, wie du es so taktvoll ausgedrückt hast, nicht länger deine Gastfreundschaft in Anspruch nehmen darf?«

»Nun sei doch nicht gleich beleidigt! So habe ich's doch gar nicht gemeint.«

»Aber deutlich genug gesagt! Ich bin sicher nicht so clever wie du, aber ich hab' kapiert. Doch um dich zu beruhigen: Ich werde so schnell wie möglich dein gastliches Haus verlassen!« Mit diesen Worten geht er zur Tür.

»Henri! Versteh mich doch!«

»Mir langt's! Ich habe keine Lust, mir noch länger deine Meckerei anzuhören.«

»Menschenskind, bist du empfindlich!« ruft Herr Maßberger einlenkend. »Ich habe mit keiner Silbe gesagt, daß du hier nicht gern gesehen bist. Ich habe dich lediglich um Verständnis dafür gebeten, daß auch du etwas mehr Rücksicht auf den Stil dieses Hauses nehmen solltest! Und das ist doch wohl mein gutes Recht, nicht wahr? Oder bist du anderer Meinung?«

»Nimm du bitte Rücksicht auf meinen Stil!«

erwidert Henri und wirft seinem Bruder einen mitleidsvollen Blick zu. »Er läßt nicht zu, daß man mich beleidigt.«

»Aber das habe ich doch mit keinem Wort getan!«

»Bernhard, du schwimmst zwar im Geld und spielst den großen Otto, aber weißt du, was du in meinen Augen bist? Ein ganz bedauernswertes, armes Würstchen!« sagt Henri und verläßt das Arbeitszimmer seines Bruders.

Wer Paolo und Marek auf ihren Rädern durch die von sommerlicher Schwüle erfüllten Straßen im Essener Süden flitzen sieht, könnte irrtümlicherweise an ein Wettrennen denken. Die Freunde fahren deshalb so schnell, weil Tinas Anruf alarmierend geklungen hat: »Hier ist was passiert! Ich erwarte euch im Baumhaus! Aber seid vorsichtig! Mein Vater ist da! Nehmt unbedingt den Geheimweg!«

Diesen Weg kennen die Jungs bestens. Atemlos springen sie von ihren Rädern, ketten sie zusammen und lehnen sie an die Mauer, die das parkähnliche Grundstück umgibt, auf der die Villa von Tinas Eltern steht. Die Mauer ist so hoch, daß sie sich gegenseitig hinaufhelfen müssen. Oben angelangt, ducken sie sich, um nicht entdeckt zu werden. Die Luft ist rein. Sie können den Sprung auf das Grundstück wagen.

Ein Satz, und sie landen auf dem weichen, von Moos durchsetzten Rasen. Vorsichtig pirschen sie sich an die mächtige Kastanie heran, in der sich das Baumhaus befindet, der geheime Treffpunkt der Spaghettibande.

Vor ihren Augen läßt Tina, die man hinter den dichten Blättern nicht sehen kann, die Strickleiter herunter. Flink klettern sie in das Versteck und ziehen die Strickleiter hinter sich hoch. Die Gesichter der Jungs glühen. Atemlos hocken sie sich auf den Bretterboden.

»Bei uns ist dicke Luft!« sagt Tina mit gedämpfter Stimme, damit niemand entdeckt, daß sie sich mit ihren beiden Freunden um diese Zeit hier trifft. »Stellt euch vor: Onkel Henri will nicht mehr länger bei uns bleiben!«

»Und warum nicht?« fragt Paolo verblüfft.

»Weil er Krach mit meinem Vater hat.«

Enttäuscht blicken sich die Jungs an. Beide denken das gleiche. Dann fällt die Fahrt am Samstag zum Baldeneysee flach, wo Tinas Onkel ihnen ein paar Tricks im Surfen beibringen wollte. Und bei der Wiedereröffnung der Pizzeria wird er auch fehlen, zu der Paolos Eltern ihn extra eingeladen haben.

»Will er schon wieder zurück nach Amerika?« fragt Marek, der seine Enttäuschung nicht verbergen kann. Seit er weiß, daß Tinas Onkel zaubern kann, freut er sich darauf, endlich die Kunststücke kennenzulernen.

»Zurück fliegt er erst im September.«

»Wohin will er dann?«

Tina hebt die Schultern. »Ich glaube, in den Schwarzwald. Aber ich habe ihn nicht weiter gefragt.« Sie macht ein bedrücktes Gesicht. »Wenn wenigstens meine Mutter da wäre! Die würde bestimmt nicht zulassen, daß er wegfährt.«

»Ist sie verreist?«

»Sie macht am Tegernsee eine Schönheitskur. Heute morgen ist sie hingeflogen.«

»Will sie noch schöner werden?« fragt Marek ungläubig. Verglichen mit seiner Mutter, die als Köchin in einer Werkskantine arbeitet, ist Frau Maßberger geradezu eine Filmschönheit: immer elegant gekleidet, von einer Wolke Parfüm umgeben und stets freundlich und herzlich.

»Das ist ja ein schöner Mist!« sagt Paolo kleinlaut. Er denkt daran, daß ihm Onkel Henri versprochen hat, ihm in Englisch zu helfen. Ganz abgesehen davon, daß er ihn sehr nett und lustig findet. Paolo kennt niemanden, der so spannende und tolle Geschichten erzählen kann wie er. Nicht einmal Onkel Luigi in Wien kommt da mit, und der gilt in der ganzen Familie als die große Unterhaltungskanone.

»Ausgerechnet heute passiert das, wo ich noch soviel Mathe lernen muß!« sagt Tina verzagt. »Wir schreiben morgen die letzte Arbeit vor den Ferien!«

»Sollen wir mal mit deinem Onkel reden?« fragt Marek. »Vielleicht können wir ihn umstimmen.«

»Das glaub' ich nicht.« Tina verschweigt, warum sie dieser Meinung ist. Ihr Vater hat ihr vorhin deutlich zu verstehen gegeben, daß er seinen Bruder für einen eigenwilligen Kauz hält, der nicht in die Familie paßt. Drei Kreuze will er machen, wenn Henri endlich seine Siebensachen packt und verschwindet.

Plötzlich schnippt Paolo aufgeregt mit den Fingern. »Ich hab' eine Idee! Wir laden deinen

Onkel zu uns ein! Er kann in unserem Gästezimmer wohnen.«

»Das tut er nicht«, erwidert Tina mutlos. Ihre einzige Hoffnung bleibt ihre Mutter. Nur ihr könnte es noch gelingen, Onkel Henri telefonisch den Abreiseplan auszureden.

»Dann schicken wir ihm eben eine Einladung zu unserem Spaghettifest!« fährt Paolo lebhaft fort. »Er hat uns doch sowieso versprochen, dabeizusein und uns was vorzuzaubern!«

»Gut, versucht euer Glück, aber ich sehe schwarz.« Verzagt blickt Tina ihre Freunde an. »Am liebsten würde ich meinen Vater in die Luft schießen! Mit dem hat man immer nur Ärger!«

»Was haltet ihr davon, wenn wir Onkel Henri in die Spaghettibande aufnehmen?« fragt Paolo, begeistert von seinem Einfall.

Marek schüttelt den Kopf. »Er ist zu alt! Außerdem könnten wir das nicht ohne Ali entscheiden.«

»Der hat garantiert nichts dagegen.«

»Erwachsene können keine Mitglieder der Spaghettibande werden, das wißt ihr doch.«

Eine Weile herrscht Schweigen. In der Ferne summt ein Rasenmäher. Ein leiser Wind weht durch die Bäume und vertreibt die Schwüle, die seit mittags über der Stadt lastet.

Auf einmal sagt Tina zu Paolo: »Die Idee mit der Einladung ist nicht schlecht. Vielleicht kann dein Vater extra noch ein paar Worte dazuschreiben. Und ich versuche inzwischen, meine Mutter telefonisch zu erreichen.«

Die Jungs nicken eifrig und strecken ihr zum Zeichen voller Übereinstimmung die Hand hin. Dann rollen sie die Strickleiter aus und hangeln sich, einer nach dem andern, hinunter.

Während sich Paolo und Marek geduckt davonmachen, schlendert Tina nachdenklich auf die Villa zu. Sie hat wieder etwas Hoffnung, daß Onkel Henri doch nicht gleich abreist.

Wenn nur morgen nicht die verflixte Mathearbeit wäre! Vor der zweiten Stunde hat sie einen Riesenbammel. Das kann ins Auge gehen – und zwar voll!

4

Erleichtert hört Julia Wehrle, wie die Haustür ins Schloß fällt. Endlich macht sich ihre Mutter auf den Weg, um dem Schneidermeister Grieser die geänderten Sachen zu bringen. Danach will sie noch zur Fußpflege und fürs Wochenende einkaufen. Gut zwei Stunden wird sie also wegbleiben.

Julia kämpft mit sich, ob sie es wirklich wagen soll, in dieser Zeit heimlich Susi zu besuchen. Sie möchte ihrer Freundin beweisen, daß es ihr nach den letzten Spritzen wieder etwas besser geht. Zwar hat ihr Dr. Luther geraten, möglichst im Bett zu bleiben, aber was kann schon groß passieren? Sie könnte höchstens gesehen werden, aber die Gefahr ist gering, Susi wohnt zum Glück ganz in der Nähe. Außerdem soll Susi, die sich schon seit zehn Tagen nicht mehr bei ihr hat blicken lassen, das Tagebuch sehen. Bereits achtmal hat sie hineingeschrieben. In der Mittagszeit hat sich ein Gewitter entladen. Die Hitzewelle der letzten Tage scheint vorerst gebrochen zu sein. Julia ist davon überzeugt, daß sie der kurze Weg zu ihrer Freundin nicht allzusehr anstrengen wird. Vielleicht tut er ihr nach dem wochenlangen Im-Bett-Liegen sogar gut.

Damit ist die Entscheidung gefallen: Julia zieht sich ohne Hast, aber doch voller Anstrengung, an. Der Wellensittich trippelt nervös auf dem Käfigboden herum und läßt sie nicht aus den Augen. Er liebt es, wenn sich etwas rührt.

»Bubi, ich bleib' nicht lange! Ich geh' nur auf einen Sprung zu Susi!« sagt Julia zu ihm und vergewissert sich, daß sein Badehäuschen genug Wasser hat und im Napf noch Körner sind. Dann stellt sie den Käfig ans Fenster, wo sich Bubi immer ausgesprochen wohl fühlt.

»Ich versprech' dir, ich bin bald wieder da!« Mit diesen Worten nimmt sie das Tagebuch samt Kugelschreiber an sich. Auf dem Weg zur Tür entschließt sie sich, auch ihre Puppe mitzunehmen.

Unten in der Diele hat sich nichts verändert. In der großen Bodenvase stehen immer noch die langstieligen, künstlichen Blumen, die Tante Anna vor Jahren einmal mitgebracht hat. An der Garderobe hängt Vatis alte Arbeitsjoppe, darüber seine blaue Schirmmütze. Am Schlüsselbrett befindet sich der zweite Hausschlüssel.

Plötzlich zuckt Julia zusammen. Sie sieht sich im Spiegel und stellt fest, daß sie schrecklich aussieht. Ihr Gesicht ist viel schmaler, ihre Nase spitzer geworden. Und wie merkwürdig groß und glanzlos die Augen sind! Sie stellt sich dicht vor den Spiegel und betrachtet sich genauer. Die Spuren ihrer Krankheit sind unübersehbar. Aber da sie sich besser fühlt als in den letzten Tagen, hofft sie bald wieder so gesund auszusehen wie früher.

Mit diesen Gedanken verläßt Julia langsam das elterliche Haus. Niemand ist auf der Straße zu sehen. Erleichtert zieht sie das Gartentor hinter sich zu. Doch schon nach wenigen Schritten gerät sie in Atemnot. Das Gehen fällt ihr doch schwerer als erwartet. Aber ist das ein Grund, kehrtzumachen? Susi wird sich bestimmt freuen, wenn ich plötzlich vor der Tür stehe, sagt sie sich.

Als sie die Lindenstraße erreicht, in deren vorletztem Haus ihre Freundin wohnt, bleibt sie erschöpft stehen. Ihre Knie zittern. Sie spürt, wie ihr Herz heftig klopft. Nach einer Weile geht es ihr wieder besser, und sie setzt langsam den Weg fort.

Da sieht sie zu ihrem Erstaunen Susi und zwei andere Mädchen, es könnten Evi und Vera aus ihrer Klasse sein, mit den Rädern aus dem Garten heraus- und in die entgegengesetzte Richtung davonfahren. Das gibt ihr einen Stich. Sie kommt sich von Susi verraten vor. Mich besucht sie nicht, statt dessen trifft sie sich mit anderen.

Enttäuscht macht Julia kehrt. Sie muß sich zusammenreißen, um nicht loszuheulen. Mit niemandem kann sie über ihren Kummer sprechen. Schade, daß Omi nicht mehr lebt, denkt sie. Die hätte mich bestimmt verstanden und liebevoll getröstet und mir auch einen guten Rat gegeben.

Ohne lange zu überlegen, schlägt Julia den kleinen Umweg zum Friedhof ein. Vergangenen Sonntag wäre ihre Großmutter fünfundsiebzig Jahre alt geworden. »Omi, ich werde dir gleich aus meinem Tagebuch vorlesen, damit du weißt, daß ich Sonntag an dich gedacht habe«, sagt sie im Selbstgespräch.

Auf der Wiese hinter der Kirche sieht sie Margeriten, Dotterblumen, Löwenzahn und vereinzelt auch Klatschmohn blühen. Unter großer Anstrengung pflückt Julia auf der immer noch nassen Wiese einen Strauß und zupft aufmerksam die Gräser und das Unkraut heraus.

Als sie sich Omis Grab nähert, flüchtet eine Eidechse von ihrem sonnigen Steinplatz. Julia verwirft die Absicht, ihre Blumen zu den Nelken zu tun, die in einer Keramikvase vor dem Grabstein stehen. Sie verstreut sie liebevoll auf dem Grab und sagt: »Für dich, Omi! Du weißt ja, ich bin krank, deshalb konnte ich nicht früher herkommen. Aber jetzt bin ich da. Freust du dich?«

Ermattet setzt sie sich auf den Rand des harten Erdhügels. Die bleierne Müdigkeit ist vom Kopf bis zu den Füßen zu spüren. Sie muß sich aufstützen, um nicht das Gleichgewicht zu verlieren. Ich hätte doch lieber im Bett bleiben sollen, sagt sie sich. Ihr Blick wandert den Kiesweg entlang, der zu der kleinen Kapelle führt.

Julia ist zum ersten Mal allein auf dem Friedhof. Ein sonderbares Gefühl breitet sich in ihr aus und erfüllt sie mit großer Ruhe. Früher hat sie sich vor diesem Ort immer gefürchtet, jetzt empfindet sie überhaupt keine Angst mehr. Warum auch? Sie sieht Schmetterlinge und zahlreiche Bienen, die von Blüte zu Blüte summen. Libellen stehen in der Luft und schießen plötzlich davon. Auf den Wegen hüpfen futtersuchende Spatzen herum, und in der Pfütze vor der Wasserstelle badet eine Amsel.

Es kommt Julia unvorstellbar vor, daß sie von ihrer geliebten Omi nur durch ein wenig Erde, auf der es grünt und blüht und auf der sich Ameisen und Käfer tummeln, getrennt ist. Ob sie mich jetzt wohl sieht? überlegt sie und stellt sich vor, wie das sein könnte: von einer fernen Wolke aus oder vom Himmel herab.

»Omi, wenn mir Dr. Luther nicht helfen kann und ich nicht mehr gesund werde, komme ich zu dir«, flüstert sie, den Blick auf den in Marmor eingemeißelten Namen ihrer Großmutter gerichtet. »Dann sitzen wir Hand in Hand, so wie früher bei uns im Garten, auf einer wunderschönen Wolke, und wir erzählen uns Geschichten. Erinnerst du dich, wie schön das früher immer war …?«

Nach diesen Worten schlägt Julia ihr Tagebuch auf, sucht die Eintragung vom letzten Sonntag und beginnt mit deutlicher Stimme, weil Omi immer schlecht hören konnte, vorzulesen: »Heute habe ich kein Fieber mehr, nur leichtes. Habe schon drei Rätsel in dem Bilderheft gelöst, das mir Vati gestern aus Freudenstadt mitgebracht hat. Mutti und Vati bringen Blumen auf Omis Grab. Mutti sagt, sie ist erlöst und hat jetzt Frieden.«

Zufrieden klappt Julia das Tagebuch wieder zu. Plötzlich vernimmt sie Schritte. Neugierig schaut sie sich um. Jemand, den sie nicht erkennen kann, schreitet langsam auf die Kapelle zu.

»So, Omi, jetzt muß ich wieder gehen«, sagt Julia leise. In ihrer Phantasie hört sie eine Frage, und sie antwortet mit schwachem Lächeln: »Ja, das versprech' ich dir, Omi. Und wenn ich nicht mehr gesund werde …«

Ihr kommt plötzlich der Gedanke, Omi das

Versprechen schriftlich zu geben. Sie soll wissen, daß sie es ehrlich meint. Vorsichtig löst sie die letzte Seite aus dem Tagebuch und schreibt darauf: »Liebe Omi, vielleicht komme ich bald zu Dir. In Liebe Deine Julia«

Damit das Papier nicht wegfliegt, legt sie es vor den Grabstein und beschwert es mit einem Kiesel. Dann nimmt sie das Tagebuch und die Puppe und verläßt ohne Hast den Friedhof. Den jungen Mann in der hellen Hose und dem grünen Polohemd, der aufmerksam die Inschriften auf den Grabsteinen liest und sich Notizen macht, bemerkt sie nicht mehr.

Er sieht Julia davongehen, ohne sich von seiner Aufgabe ablenken zu lassen. Lothar Mühlhaupt, mit einundzwanzig Jahren der jüngste Mitarbeiter in der Lokalredaktion der »Schwarzwald-Zeitung«, sucht die letzte Ruhestätte des vor zehn Jahren verstorbenen Brauereibesitzers Georg Huschke, der sich auch als Heimatdichter einen Namen gemacht hat. Zur Erinnerung an ihn soll Lothar für die Wochenendausgabe einen Artikel schreiben.

Plötzlich, im langsamen Vorbeigehen, bemerkt er das weiße Blatt auf dem Grab, an dem er vorhin das Mädchen sitzen gesehen hat. Neugierig hebt er es auf und liest. Was bedeutet dieses kindlich geschriebene Versprechen: »Liebe Omi, vielleicht komme ich bald zu Dir. In Liebe Deine Julia«?

Das könnte eine Geschichte für mich werden, sagt sich der immer an interessanten Themen interessierte Reporter, eilt auf die Straße, sieht Julia auf der anderen Straßenseite auffällig langsam davongehen und setzt ihr nach.

Um keinen Trick verlegen, hält er ihr seinen Kugelschreiber hin und fragt: »Ist das deiner? Den hab' ich auf dem Friedhof gefunden.«

Julia schüttelt den Kopf. »Der gehört mir nicht.«

»Du bist ein ehrliches Mädchen«, erwidert er anerkennend und verwickelt sie in ein kurzes Gespräch. Dabei erfährt er ihren Namen und wo sie wohnt. Als Julia – auf die bevorstehenden Ferien angesprochen – erwähnt, daß sie wegen ihrer Erkrankung seit Wochen nicht mehr in die Schule geht, horcht Lothar auf.

»Was hast du denn?«

»Mit meinem Blut ist etwas nicht ganz in Ordnung.«

Hat das Mädchen Leukämie? überlegt Lothar Mühlhaupt und bringt seine Vermutung in Verbindung mit dem Zettel, den er auf dem Grab gefunden hat. Und sogleich überlegt er, ob er daraus nicht eine zu Herzen gehende Story für die Zeitung machen könnte. Ungefährer Titel: »Schülerin will Omi in den Himmel folgen«. An der Idee ist was dran, sagt er sich, die werde ich heute noch meinem Chef vorschlagen.

Julia atmet auf, als sich der wißbegierige junge Mann endlich verabschiedet und eine andere Richtung einschlägt. Zum Glück begegnet ihr niemand mehr auf den letzten zweihundert Metern bis nach Hause.

Als sie die Tür aufschließt, fährt sie erschrokken zusammen. Aus dem Garten kommt Tante Anna auf sie zu, die ältere Schwester ihrer Mutter. Oje! Jetzt kommt alles raus, denkt Julia und zwingt sich, ihre Bestürzung zu verbergen.

»Wer hat dir denn erlaubt, aus dem Haus zu gehen? Wo bist du gewesen? Du siehst ja ganz blaß aus! Mein Gott, wie kann man nur so leichtsinnig sein! Du darfst doch nicht aufstehen!« Wie ein Wasserfall ergießen sich ihre Worte auf Julia, die den Tränen nahe ist.

Tante Anna hilft ihr die Treppe hinauf. »Jetzt aber husch ins Bett! Soll ich dir einen Tee machen?«

»Nein, danke.«

»Kind, ich begreif' dich nicht!«

»Ich wollte nur mal Luft schnappen!« sagt Julia leise, während sie ihr Tagebuch unter dem Kissen versteckt und die Puppe achtlos danebenlegt. Dann zieht sie sich unter Aufbietung ihrer letzten Kräfte aus und klettert in ihr Bett.

Tante Anna hört mit ihren Vorwürfen nicht auf. »Du weißt doch, daß mit deiner Krankheit nicht zu spaßen ist! Die ganze Familie macht sich die allergrößten Sorgen um dich!«

»Bitte, sag Mutti nicht, daß ich aufgestanden bin.«

Tante Anna legt ihre Hand auf Julias Stirn. Bekümmert schüttelt sie den Kopf und seufzt vernehmlich: »Kind, du hast hohes Fieber! Und da wagst du es, aus dem Haus zu gehen? Du kannst dir ja den Tod holen! Wie kann man nur so unvernünftig sein? Schließlich hast du keine Grippe, mit der man leicht fertig wird, sondern etwas viel Schlimmeres!«

Ohne Rücksicht auf Julia, die mit geschlossenen Augen daliegt, sprudelt ihr Redefluß munter weiter: »Du mußt unbedingt auf den Arzt hören! Und auf deine Mutti! Oder willst du sterben und dorthinkommen, wo die Omi liegt?«

Julia beginnt leise zu röcheln. Es kommt ihr vor, als ersticke sie an Tante Annas heruntergeleierten Vorwürfen. Das letzte, was sie noch wahrnimmt, bevor ihr die Sinne schwinden, sind die Worte: »Gerade bei einer so tückischen Krankheit wie Leukämie müssen Kinder besonders brav sein. Julia, hast du mich verstanden? Leukämie muß man sehr, sehr ernst nehmen...!«

5

Überglücklich reißt Tina die Arme hoch, stößt einen Jubelschrei aus und hüpft vergnügt auf ihrem Stuhl hin und her. »Das gibt's doch nicht! Das ist ja der reinste Wahnsinn!« Sie hat in der Mathearbeit eine »1«! »Unfaßbar! Unbegreiflich!« Und was Dr. Berkau, der neue Mathelehrer, noch mit roter Tinte unter die Note geschrieben hat, ist ein Hammer: »Respekt vor der enormen Steigerung Deiner Leistung. Fleiß zahlt sich aus.«

»Ist das nicht irre?« fragt Tina und schiebt Doris ihr Heft zu. Und leiser, damit's niemand hört, fügt sie feixend hinzu: »Richtig ticken – fleißig spicken!«

Dieser Spruch, der in der ganzen Klasse geläufig ist, stimmt in ihrem Falle zwar nicht ganz, denn sie hat die meisten Aufgaben allein gelöst, und darauf ist sie mächtig stolz. Neugierig wendet sie sich an Doris: »Und was hast du?«

»Eins minus.«

»Ist ja super!« Begeistert reißt Tina ihre Freundin an sich. Die Zeugnisse sind gerettet, die Klasse geschafft. Jetzt kommen nur noch ein paar langweilige Tage mit viel Gequatsche, Bücher abgeben, Adressen austauschen für die Ferien – dann ist für herrliche sechs Wochen Schluß mit der Schule.

Beim Nachhauseradeln stellt sie sich die Reaktion ihrer Eltern vor. Ihre Mutter, die morgen – heiß von ihr erwartet – vom Tegernsee zurückkommt, wird bestimmt dankbar aufatmen, und ihrem Vater wird die erste Eins in Mathe, seit sie auf dem Gymnasium ist, bestimmt mächtig imponieren.

Übermütig klingelnd radelt Tina bis vor die Marmortreppe, die zur Haustür emporführt, reißt die Schultasche vom Rad und läutet Sturm. Zu ihrer Überraschung macht Onkel Henri auf. Er trägt wieder seine buntkarierten Bermudas, die ihr Vater naserümpfend »Papageienlook« genannt hat. Seine weißgrauen, dichten Brusthaare sind wie ein heller Fleck auf seinem gebräunten, muskulösen Körper.

Stürmisch fliegt sie ihm um den Hals. »Rat mal, was ich in Mathe habe? Eine Eins! Juchhu!«

»Gratuliere! Das freut mich!«

»Ich muß sofort Mama anrufen!«

»Jetzt in der Mittagszeit? Schläft sie da nicht?«

»Das ist mir egal!« ruft Tina, springt nach oben und läuft ins Zimmer ihres Vaters, von wo aus sie eigentlich nicht telefonieren darf. Dort ist die Nummer der Schönheitsfarm notiert. Vor lauter Aufregung verwählt sich Tina ein paarmal, dann meldet sich endlich eine weibliche Stimme, und sie erfährt, daß ihre Mutter erst am späten Nachmittag zurückerwartet wird.

»Danke.« Tina legt auf und ruft laut im Treppenhaus: »Onkel Henri, wo steckst du?«

Seine Zimmertür fliegt auf. »Hier.«

»Darf ich reinkommen?«

»Aber immer, das weißt du doch.« Auf seinem Bett liegt ein blauer, leerer Rucksack, daneben stapeln sich ein paar volle Plastiktüten mit dem Aufdruck eines Essener Kaufhauses.

»Na, ist deine Mutter nicht vor Freude vom Stuhl gefallen?«

»Sie war nicht da!« Tina wirft einen Blick auf den Rucksack. »Hast du den gekauft?«

Onkel Henri nickt beiläufig. »Aber ich muß gleich noch mal in die Stadt, ich hab' doch glatt die Wanderschuhe vergessen. Und das ist das Allerwichtigste für die Tour.« Er geht ins Bad und kommt mit einer Tube Sonnencreme zurück, mit der er sich das Gesicht einreibt.

Tina hockt sich auf die Sessellehne. »Und ich darf die Tour nicht mitmachen – so ein Mist!«

»Du weißt, daß ich dich gern mitnehmen würde, aber deinen Papa werden wir nicht umstimmen können.« Onkel Henri bringt die Creme zurück ins Bad und nimmt sich einen Apfel vom Obstteller, den Gertrud jeden Morgen auffüllt. »Willst du auch einen?«

»Nein, danke.« Tina stiert nachdenklich vor sich hin. Plötzlich kommt ihr eine Idee. Es ist ein so verrückter Einfall, daß sie aufspringt und begeistert ruft: »Gut, daß ich Mama nicht erreicht habe!« Erschrocken dämpft sie die Stimme und legt den Finger auf den Mund. »Du darfst keinem verraten, daß ich die Mathearbeit schon rausgekriegt habe.«

»Mit wem sollte ich darüber sprechen?«

»Heute abend mit Papa! Er darf nichts von der Eins erfahren, sonst klappt mein Plan nicht!«

»Was hast du denn vor?«

Tina übergeht die Frage. »Onkel Henri, wenn ich es geschickt anfange, darf ich bestimmt deine Wanderung mitmachen!« Begeistert springt sie auf, ruft dreimal »Hurra!« und tanzt ausgelassen durchs Zimmer.

»He! Was ist los?«

Lachend bleibt Tina stehen. »Ich hab' eine Superidee! Damit krieg' ich Papa rum! Ganz bestimmt!«

»Hoffentlich freust du dich nicht zu früh. Mein Bruder hat klar und deutlich ›nein‹ gesagt! Glaub mir, der ändert seine Meinung nicht!«

»Abwarten, Onkel Henri! Abwarten!« Mit diesen Worten gibt sie ihm ein Küßchen und tippt auf die kleine, goldene Löwentatze, die an seiner Halskette hängt. »Du hast doch gesagt, es bringt Glück, wenn du sie alle paar Stunden einmal kurz reibst. Tu das bitte! Aber nicht vergessen!«

»Aber dann muß ich wissen, woran ich denken soll!«

»Na schön, ich sag's dir.« Sie flüstert ihm etwas ins Ohr. Seine Augen werden immer größer. Schließlich lacht er laut auf. Und nachdem Tina jubelnd aus dem Zimmer gelaufen ist, schmunzelt er immer noch vor sich hin.

Ungeduldig wartet Tina darauf, daß ihr Vater nach Hause kommt. Hoffentlich hat er nicht ausgerechnet heute wieder eine endlose Besprechung in der Firma, womöglich noch mit anschließendem Essen, das meistens bis zum späten Abend dauert.

Ausgestreckt auf einer Sonnenliege blättert Tina gelangweilt alte Illustrierte durch. Zu ihren Füßen hat es sich Felix bequem gemacht. Endlich entdeckt sie einen interessanten Bericht über Steffi Graf, die sie grenzenlos bewundert. »So wie die müßte man Tennis spielen können!«

Plötzlich beginnt der Dackel kurz zu knurren, spitzt die Ohren, springt von der Liege und läuft freudig auf das Gartentor zu. Ein untrügliches

Zeichen dafür, daß sich ihr Vater nähert. Schon ist sein Jaguar zu sehen und hält vor der Garage.

Jetzt ist es soweit, hoffentlich klappt es, sagt sich Tina, legt die Zeitschrift aus der Hand und geht, ganz gegen ihre Gewohnheit, ihrem Vater entgegen. Felix scharwenzelt kläffend um ihn herum und bettelt vergeblich um Aufmerksamkeit.

»Ich soll dich von Mama grüßen, ich hab' vorhin mit ihr telefoniert«, sagt Herr Maßberger, nachdem er seinen Aktenkoffer vom Nebensitz genommen und die Wagentür zugeschlagen hat.

»Weißt du, wann sie morgen kommt?« fragt Tina scheinheilig. Papa soll nicht wissen, daß sie vorhin auch mit Mama telefoniert hat, um sie in ihren Plan einzuweihen, mit dem sie ihn jetzt überrumpeln will.

Auf dem Weg ins Haus fragt Herr Maßberger, wie beiläufig: »Wo steckt Onkel Henri?«

»In der Stadt. Er will sich Wanderschuhe kaufen.«

»Der verrückte Kerl. Na, hoffentlich geht das gut mit seiner Wanderung. Ich find's verrückt, allein durch den Schwarzwald zu marschieren.«

»Er sagt, das sei ein tolles Erlebnis.«

»So eine lange Tour ist ganz schön anstrengend und außerdem auch nicht ungefährlich. Vernünftigerweise wandert man nicht allein«, erwidert Herr Maßberger. »Na, er ist ja alt genug, er muß es wissen.« Und leise, wie im Selbstgespräch, fügt er hinzu: »Wird auch allmählich Zeit, daß er hier seine Zelte abbricht.«

Erst jetzt, beim Betreten seines Zimmers, sucht er nach einer Erklärung dafür, daß Tina, was sie sonst nie tut, mit heraufgekommen ist. Erstaunt fragt er: »Na, ist was?«

»Was soll sein?«

»Ich seh' dir doch an, daß du was auf dem Herzen hast.«

Tina stellt sich dumm. »Wie kommst du denn darauf?«

»Na, raus mit der Sprache!«

»Ich hab' nichts. Mir brummt nur der Kopf vom vielen Mathelernen. Morgen schreiben wir die letzte Ex.«

»Dann streng dich mal schön an, damit's keine Pleite wird.« Er nimmt aus seinem Aktenkoffer eine Mappe heraus und legt sie auf den Schreibtisch.

Tina läßt ihren Vater nicht aus den Augen. »Papa, was würdest du sagen, wenn ich... wenn ich mal alles richtig hätte?«

Ihre Frage läßt ihn hell auflachen. »In Mathematik? Glaubst du an Wunder? Ich nicht!«

»Ich bin jetzt viel besser in Mathe als früher.«

»Deswegen schreibst du noch keine Eins!«

»Und wenn doch?«

Herr Maßberger lockert seine Krawatte und knöpft den Kragen auf. »Ich wäre schon heilfroh, wenn du endlich mal von deiner ewigen Vier runterkämst!«

»Papa, was krieg' ich, wenn ich eine Eins schreibe?«

»Dann... dann...« Mehr sagt Herr Maßberger nicht und geht kopfschüttelnd ins Bad, um sich die Hände zu waschen. Tina folgt ihm und bleibt gespannt in der Tür stehen.

»Darf ich mir dann was wünschen?«

Lachend wirft er ihr einen Blick zu und erwidert, ohne sich des Risikos bewußt zu sein: »Also wenn du das wirklich mal schaffen würdest, Tina, dann hast du drei Wünsche frei!«

»Und die erfüllst du mir auch ganz bestimmt?«

»Ja natürlich.« Nach kurzem Zögern fügt er hinzu: »Das heißt, die Wünsche müßten sich im normalen Rahmen bewegen und dürften auch nicht allzuviel Geld kosten.«

»Wenn ich mir zum Beispiel wünschen würde, mit Onkel Henri zusammen durch den Schwarzwald zu wandern?«

Wieder bricht Herr Maßberger in ein Gelächter aus. »Von mir aus könntet ihr beide bis zum Südpol tippeln.« Plötzlich wird er mißtrauisch. Tinas Fragerei kommt ihm verdächtig vor. Dahinter steckt doch was! Hat etwa Henri seine Hand im Spiel? Das würde ihn nicht wundern.

»Sag mal, was soll das eigentlich alles?«

Mit gespieltem Gleichmut hebt Tina die Schultern. »Nur so. Es hat mich halt interessiert.«

»Dann sind ja wohl jetzt alle Unklarheiten in Sachen Mathearbeit beseitigt, oder?«

Nur jetzt schnell weg, denkt Tina, bevor Papa noch hellhöriger wird. Ihre Gedanken überstürzen sich. Sie muß es sofort Paolo und Marek sagen, daß sie das Unwahrscheinliche erreicht hat: mit Onkel Henri durch den Schwarzwald zu wandern! Anders ist das Versprechen ihres Vaters schließlich nicht zu verstehen.

»Papa, darf ich noch schnell zu Doris fahren?«

»Aber um sieben bist du zurück! Ich möchte, daß wir pünktlich essen.«

»Da bin ich längst wieder hier«, verspricht Tina, läuft nach unten, springt auf ihr Rad und fährt in die Rüttenscheider Straße.

Vor der Pizzeria von Paolos Vater liegen immer noch, durch ein Absperrseil gesichert, Baumaterial und Arbeitsgeräte herum. In der Gaststätte arbeiten die Handwerker.

Paolo hockt in seinem Zimmer auf dem Teppich vor der Musikbox. Bett, Stuhl und der halbe Fußboden sind mit Büchern, Heften, Zeitschriften, Postkarten, Kassetten und anderen Sachen übersät. Es sieht chaotisch aus.

Grinsend nimmt Paolo den Kopfhörer ab und schaltet das Tonband aus. »Sieht schön aus bei mir, nicht wahr? Ich bin beim Aufräumen!« Er deutet auf einen Stapel Blätter zu seinen Füßen. »Die Einladungen zu unserem Spaghettifest!«

Tina wirft einen kurzen Blick auf die Vervielfältigungen. Zur Wiedereröffnung der Pizzeria lädt Paolos Vater jung und alt zu einem, wie es wörtlich heißt, »Spaghettifest mit vielen Überraschungen« ein.

»Wo verteilst du die Zettel?«

Paolo beginnt, aus einem Blatt eine Schwalbe zu falten. »Wo ich die verteile? In der Schule, auf der Straße, überall.« Er springt auf und grapscht sich ein paar der Einladungen. »Die hier gehen jetzt als Luftpost weg!« Lachend tritt er ans Fenster, wirft die Zettel hinaus und läßt die Schwalbe hinterherfliegen.

Tina schaut neben ihm aus dem Fenster, bis das letzte Blatt irgendwo gelandet oder von jemandem aufgehoben worden ist. Kaum ein Blatt bleibt unbeachtet.

Zufrieden hocken sie sich wieder auf den Boden, und Tina beginnt, immer wieder kichernd, zu erzählen, mit welchem Trick sie ihrem Vater das Versprechen abgeluchst hat, ihr einen oder sogar drei Wünsche zu erfüllen.

»Paolo, jetzt muß er mich mit Onkel Henri mitwandern lassen! Den Wunsch kann er mir gar nicht mehr abschlagen!«

»Und wenn er es trotzdem tut? Du weißt doch, daß er ihn nicht riechen kann! Er behauptet doch immer, Onkel Henri würde einen schlechten Einfluß auf dich ausüben!«

»Dann lauf' ich eben weg!«

»Weglaufen bringt überhaupt nichts.«

»Wenn alle Stricke reißen, hilft mir meine Mama! Die habe ich schon eingeweiht.«

»Und was sagt die?«

»Sie steht voll hinter mir! Sie ist der Meinung: Versprochen ist versprochen!«

»Mensch, hast du's gut. Ich würde wahnsinnig gern mit euch mitkommen. Und Marek sicher auch. Der weiß sowieso nicht, was er in den Ferien anfangen soll.«

Impulsiv streckt Tina ihrem Freund die Hand hin. »Wetten, daß ich es schaffe, daß ihr mitdürft?«

»Wie willst du das denn hinkriegen?«

Sie schütteln sich die Hände. »Mir wird schon was einfallen!«

»Das wäre super!«

Tina nickt. »Die Spaghettibande im Schwarzwald!«

Mit leicht verlegenem Lächeln fragt Paolo: »Sag mal, weißt du, wo der Schwarzwald liegt?«

»Ich bin noch nicht dagewesen, aber wir werden ihn schon finden.«

6

Beim Verlassen des Hauses sagt Dr. Luther zu Julias Mutter, die mit ihren Tränen kämpft: »Kopf hoch, Frau Wehrle! Noch besteht ja Hoffnung, auch wenn sie nur gering ist. Wichtig ist jetzt nur, daß Sie sich nichts anmerken lassen. Das macht es Julia leichter, mit ihrem Schicksal fertig zu werden.«

»Herr Doktor, ich weiß, daß Sie alles tun, aber gibt's denn wirklich kein Medikament, kein Mittel, das diese fürchterliche Krankheit besiegt?«

»Bei Blutkrebs stehen wir leider immer noch

ziemlich machtlos da, trotz aller medizinischer Fortschritte. Wollen wir hoffen, daß alles gut ausgeht.«

Mit diesem Trost läßt der Arzt Lotte Wehrle allein. Tieftraurig geht sie zurück ins Wohnzimmer und setzt sich wieder an die Nähmaschine. Bis morgen mittag muß sie fünfzehn Oberhemden mit neuen Kragen und Manschetten versehen, zwei Hosen enger machen und einen Rock kürzen.

Frau Wehrle schluchzt leise auf. Warum trifft es gerade uns? fragt sie sich. Ausgerechnet unsere liebe Julia? Unser einziges Kind! Wie schön könnten wir es haben, Erich und ich und unsere Julia. Erich hat seine Arbeit, ich verdiene mit dem Nähen dazu, wir haben unser Haus bald abbezahlt, und Julia hat uns bisher immer nur Freude gemacht.

»Lieber Gott, laß sie nicht sterben«, flüstert Frau Wehrle und wischt sich die Tränen aus den Augen. »Laß sie nicht sterben! Ich will auch auf alles verzichten, ich will nichts für mich haben. Hauptsache, meinem Kind geschieht nichts...«

Während sie die Nähmaschine anstellt und sich das erste Oberhemd vornimmt, beendet Julia einen kurzen Brief an ihre Patentante, die einen Engländer geheiratet hat und in Bristol wohnt. Sorgfältig verschließt sie den Luftpost-Umschlag und sinkt wieder erschöpft in die Kissen. Das Schreiben hat sie angestrengt.

Als ihre Mutter eine Stunde später kurz die Näherei unterbricht und ins Zimmer kommt, sagt Julia auf den Brief deutend: »Mutti, würdest du den bitte wegschicken?«

»Aber natürlich, den steck' ich heute noch ein.« Frau Wehrle schaut auf die Adresse. »Da wird sich Tante Gretchen aber freuen.« Am liebsten würde sie noch fragen, was sie ihr geschrieben hat, aber das traut sie sich nicht. »Wenn du zum Briefkasten gehst, kannst du dann nicht auch bei Susi vorbeischauen und fragen, wann sie mich wieder besuchen kommt?«

»Das mach' ich.« Frau Wehrle schaut in die Teekanne und stellt fest, daß sie noch ziemlich voll ist. Zwieback ist auch noch da. »Brauchst du noch irgendwas?«

»Nein.«

»Dann lass' ich dich jetzt allein. Ich muß weiternähen, sonst werde ich nicht fertig und kriege morgen kein Geld.«

»Mutti, sind wir eigentlich arm oder reich?«

Verdutzt wendet sich Frau Wehrle um. »Wie kommst du denn auf diese Frage?«

»Ich hab' in einem Buch gelesen, daß der liebe Gott arme Menschen besonders lieb hat.«

»Ja, das stimmt«, pflichtet ihr die Mutter bei und hält damit die Frage für beantwortet.

»Aber zu den ganz Armen gehören wir nicht. Oder doch?«

»Wir haben ein schönes Haus und einen großen Garten, Papi fährt ein Auto – uns geht's also recht gut. Was nicht bedeutet, daß wir im Geld schwimmen. So ist es nun auch wieder nicht, verstehst du?« Lotte Wehrle lächelt bemüht. »Aber wir können zufrieden sein.«

Mit großen Augen schaut Julia ihre Mutter an und sagt: »Vergiß den Brief bitte nicht!«

»Den bring' ich gleich weg. Oder Papi tut's.«

Draußen auf dem Gang holt Frau Wehrle tief Luft. Von Zufriedensein kann bei uns überhaupt keine Rede mehr sein, denkt sie, uns geht's momentan miserabel, so schlecht wie noch nie. Was nützen das Haus und das Auto und all das, was wir uns erarbeitet haben, wenn das größte Glück fehlt: die Gesundheit?

Sie frankiert den Brief, setzt sich an die Nähmaschine und macht sich wieder an die Arbeit. Erst als sie ihren Mann kommen hört, schaut sie das erste Mal auf.

Erich Wehrle ist rechtschaffen müde. Seit er sich als Treppenbauer und Spezialist für Holzdecken selbständig gemacht hat, reißt die Arbeit nicht mehr ab. Auch zu Hause legt er die Hände nicht in den Schoß. Wenn er sich nicht im Garten nützlich macht, geht er in seiner Kellerwerkstatt seinem Hobby, der Holzschnitzerei, nach.

Wie immer, wenn er nach Hause kommt, zieht er in der Diele die Schuhe aus und schaut freundlich ins Wohnzimmer. »Na, Lotte, gibt's was Neues?«

Frau Wehrle schüttelt den Kopf und deutet auf den Berg Hemden. »Die müssen morgen mittag fertig sein.«

»Dann streng dich mal schön an.« Sein Gesicht wird ernst. »War der Doktor da?«

»Er hat ihr wieder eine Spritze gegeben.«

»Und was sagt er?«

»Ach, ich hör' schon gar nicht mehr hin.«

»Nun laß dich nur nicht hängen. Wir müssen das durchstehen«, erwidert ihr Mann und bemerkt den Luftpostbrief. Julias Schrift darauf überrascht ihn. »Was schreibt sie an Gretchen?«

»Keine Ahnung. Mußt du noch mal weg?«

»Warum?«

»Dann könntest du den Brief mitnehmen.«

Nachdenklich blickt Herr Wehrle auf den Brief. »Hast du sie nicht gefragt?«

»Es geht uns doch nichts an, was sie schreibt.«

»Normalerweise würde mich das auch nicht interessieren, aber unter diesen besonderen Umständen schon.«

Frau Wehrle schaltet die Nähmaschine aus. »Was soll sie schon groß schreiben? Sie erlebt momentan ja nicht viel.«

»Hast du dir mal überlegt, wie dumm wir dastehen, wenn Gretchen es von ihr erfährt?«

»Was?«

»Daß sie Leukämie hat.«

Laut seufzend steht Lotte Wehrle auf. »Einmal muß sie es ja erfahren.«

»Aber doch nicht von Julia selbst.«

»Warum hast du ihr denn nicht schon längst geschrieben? Du weißt doch, daß ich mich damit schwertue.« Sie beginnt, die fertigen Hemden zusammenzulegen.

»Du kennst doch Gretchen, diese Klatschtante. Was sie weiß, erfährt doch brühwarm die ganze Verwandtschaft.«

»Vielleicht hat ihr Julia auch nur einen kleinen Gruß geschrieben und sich für den Geburtstagsbrief bedankt.«

Herr Wehrle geht mit dem Brief zur Tür. »Na, das werden wir ja gleich sehen.«

»Was heißt das? Was hast du vor?«

»Ich werde ihn vorsichtig öffnen!«

»Das wirst du nicht tun! Das lass' ich nicht zu!« ruft Frau Wehrle empört.

»Na schön, dann eben nicht.« Er macht ein brummiges Gesicht. »Ich geh' mal rauf zu ihr.«

»Aber kein Wort über den Brief, hörst du?«

Für Frau Wehrle ist damit das Thema erledigt. Doch nach einer Weile beschleicht sie eine Ahnung. Sie geht in die Küche und sieht ihren Mann am Herd stehen. Er dreht ihr den Rücken zu. Aus dem Wasserkessel steigt ein Dampfstreifen auf.

Wütend reißt sie ihrem Mann den Brief aus der Hand. »Was fällt dir ein? Du kannst doch nicht einfach heimlich ihre Post aufmachen? Schämst du dich nicht?«

»Normalerweise würde ich das auch nicht tun, aber unter diesen Umständen mußt du mir schon erlauben...«

»Ich erlaub' dir gar nichts!« fällt sie ihm entschlossen ins Wort. Erleichtert stellt sie fest, daß der Brief noch zu ist. Sie zieht ihre Schürze aus. »Ich geh' selber zum Briefkasten! Erich, ich begreif' dich nicht!«

Zerknirscht stellt Herr Wehrle das Gas ab und schüttet das kochende Wasser aus. Ja, Lotte hat recht – man darf nicht hinter anderen herschnüffeln, auch nicht hinter seinem eigenen Kind, wenn's auch noch so gut gemeint ist. Außerdem – was hätte ich letzten Endes davon, wenn ich wüßte, was Julia ihrer Tante geschrieben hat?

Erleichtert über diese Wendung geht Herr Wehrle nach oben, um – wie immer nach Feierabend – ein paar Worte mit Julia zu wechseln. Zögernd öffnet er die Tür. Julia legt ihr Buch aus der Hand und lächelt ihm zu.

»Grüß dich, mein Kind.« Zärtlich streichelt Herr Wehrle über ihren Kopf und wendet sich, mit dem Finger drohend, dem aufgeregt zwitschernden Wellensittich zu. »Du Lausekerl, gib Ruhe!«

Merkwürdigerweise hört Bubi wirklich zu schimpfen auf, klettert hinauf auf die obere Stange seines Käfigs und stößt mit dem Schnabel gegen den kleinen Spiegel, bevor er sich neugierig darin beäugt.

»Vati, ich habe wieder eine Spritze gekriegt.«

»Und? Geht's dir besser?«

»Hm, ganz gut. Ich habe sogar gelesen.«

»Schön. Dann geht's ja aufwärts mit dir.«

»Soll ich dir mal Spaghetti kochen?«

Verdutzt setzt sich der Vater zu ihr ans Bett. »Wie kommst du denn jetzt darauf?«

»Weil in dem Buch viele Rezepte stehen, die man leicht nachkochen kann. Aber erst muß ich wieder gesund sein.«

»Ganz recht. Und dann wird gefeiert, und wir schlagen uns den Bauch mit Spaghetti voll.« Hoffentlich erleben wir das noch mal, fügt er in Gedanken hinzu.

Julia schweigt eine Weile. »Vati, wenn es mir wieder besser geht – besuchen wir dann auch ganz bestimmt das Stadtfest?«

Herr Wehrle nickt und weicht ihrem Blick aus. Hätte ich nur neulich nicht das Sommerfest in Freudenstadt erwähnt, denkt er. Arme Julia.

»Wir brauchen es ja Dr. Luther nicht zu sagen.«

»Darüber sprechen wir noch, wenn es soweit ist«, erwidert der Vater und steht auf. Es geht über seine seelischen Kräfte, immer so zu tun, als sei alles nur halb so schlimm, und Julias Krankheit könnte bald besiegt werden. »Also bis gleich. Ich komm' noch mal rauf.«

»Bringst du mir dann das Fotoalbum mit? Ich möchte mir Bilder anschauen.«

»Ja, ich denk' dran. Und jetzt ruh dich aus. Schon dich ein bißchen.«

»Vati, ich freu' mich.«

»Worauf?«

»Auf das Stadtfest!« erwidert Julia mit ihrer schwachen, hellen Stimme und streckt sich erschöpft aus.

7

»Wow!« ruft Tina begeistert, als sie Onkel Henris Verwandlung in einen Entfesselungskünstler miterlebt. Sie steht mit ihm in einem Nebenzimmer der Gaststätte, die Paolos Vater gehört. Onkel Henri will auf der Straße eine Show abziehen, um damit für die Wiedereröffnung des Lokals zu werben.

»Woher hast du diese irre Pumphose?« fragt Tina staunend.

»Aus einem Kostümverleih. Auch die roten Stiefel sind von dort!«

Onkel Henri zieht sein Sporthemd aus und stellt sich in Positur. Er läßt seine starken Armmuskeln anschwellen und seine breite, behaarte Brust ein paarmal auf- und abhüpfen. Dann heftet er sich große Messingringe an die Ohren und legt Armbänder mit bunten Steinen an, links zwei, rechts vier.

»Na, wie seh' ich aus?« fragt er, belustigt über Tinas immer größer werdende Augen.

»Bist du früher so im Zirkus aufgetreten?«

»Da war ich viel großartiger kostümiert. Das hier ist ja nur ein Notbehelf.« Er gibt ihr einen Wink und fügt hinzu: »Und jetzt dreh dich mal für ein paar Sekunden um!«

Tina wendet sich mit dem Gesicht zur Tür. Als sie sein »Fertig!« hört und Onkel Henri sieht, reißt sie vor Überraschung den Mund auf. Er hat eine Glatze! Nicht das kleinste Härchen ist mehr auf seinem Kopf zu sehen. Der nackte Schädel verleiht ihm einen dämonischen Ausdruck. Würde Onkel Henri nicht, zufrieden über seinen Coup, amüsiert schmunzeln, könnte man ihn für einen finsteren Gesellen halten.

Verblüfft fragt Tina: »Wie hast du das denn gemacht?«

»Ich hab' mir einfach eine Gummikappe über den Kopf gezogen.« Er streicht die letzten Falten hinter den Ohren glatt. »Die Kappe reicht bis in den Nacken. So was ziehen sich Schauspieler über, wenn sie ihre Haare verbergen müssen.«

»Du bist nicht wiederzuerkennen!«

Er greift zu einem Stift und beginnt sich vor dem Spiegel in aller Ruhe die Augenbrauen schwarz zu malen. »Gleich kann die Show beginnen.«

»Dürfen Paolo und Marek jetzt runterkommen?«

»Ja, hol sie ruhig.«

Mit einem Juchhu-Schrei läuft Tina die Treppe hinauf und stürzt atemlos in Paolos Zimmer. Beide Jungs haben Kopfhörer auf und maulen über die Störung.

»Schnell! Schnell! Es geht los! Onkel Henri hat sich umgezogen! So was habt ihr noch nicht gesehen!« Sie prustet vor Lachen. »Den erkennt ihr nicht wieder!«

»Hat er sich etwa einen alten Hut von meiner Mutter aufgesetzt?« ruft Paolo ironisch und nimmt seine Stereohörer ab. Marek schaltet den Recorder aus.

Tina fiebert vor Ungeduld. »Los! Beeilt euch!«

»Immer mit der Ruhe«, entgegnet Marek und geht, nicht besonders begeistert, hinter Paolo aus dem Zimmer.

Als die Jungs Onkel Henri sehen, der sich gerade eine mächtige Eisenkette über die nackten Schultern hängt, verschlägt es ihnen für einen Augenblick die Sprache. Sie sind begeistert, und Paolo fragt: »Haben dich meine Eltern schon gesehen?«

»Denen stelle ich mich jetzt vor.« Onkel Henri wölbt seine Brust so stark, daß sich die Eisenkette spannt. Unter den bewundernden Blicken der Kinder setzt er sich mit stampfenden Schritten in Richtung Küche in Marsch.

»Bravissimo!« ruft Toni Siriani spontan, als er Onkel Henri in der Küchentür erblickt. Seiner Frau rutschen vor Überraschung fast die Töpfe aus der Hand, die sie gerade aus dem Schrank hebt.

»Und so marschiere ich jetzt auf die Straße«, sagt Onkel Henri und dreht sich vergnügt einmal ganz herum, damit sie ihn von allen Seiten begutachten können. »Ihr werdet sehen – das gibt einen mittleren Volksauflauf!«

»Das gibt einen großen!« erwidert Paolos Vater, beeindruckt von Henris Mut zur Verwandlung. Schon beim Kennenlernen vor ein paar Tagen hat er Tinas Onkel auf Anhieb ins Herz geschlossen. Der ehemalige Artist ist ein Mann nach seinem Geschmack: unkompliziert, herzlich und mit der Gabe gesegnet, dem Leben immer die beste Seite abzugewinnen.

»Und ihr drei nehmt jetzt die Einladungen und verteilt sie an die Passanten!« sagt Toni Siriani zu den Kindern. »Avanti, avanti! Aber jeder an einem anderen Platz, habt ihr verstanden?«

»Ja, Papa!« ruft Paolo und läuft mit Tina und Marek in die Gaststube. Dort liegen mehrere Stapel mit Zetteln. Jeder schnappt sich einen Packen, und sie stürzen damit auf die Straße.

Kurz darauf geht Onkel Henri auch nach draußen. Er hat sich von Paolos Vater die Kette so fest um Hals und Brust schlingen lassen, daß er die Arme nicht mehr bewegen kann. Breitbeinig stellt er sich vor das Portal der Gaststätte. Zufrieden beobachtet er, daß sogleich die ersten Passanten stehenbleiben.

Neugierig betrachten sie ihn von oben bis unten. Was soll das? Wer ist der bullige Glatzkopf, der – gefesselt durch eine schwere Eisenkette – regungslos dasteht und die Miene nicht verzieht? Was geht hier vor?

Da tritt Toni Siriani aus seinem Lokal. Mit seiner Schürze und der hohen, weißen Mütze auf seinem schwarzen Haar entspricht er ganz dem Bild, das man sich von einem sympathischen Koch und Gastwirt macht.

»Ich freue mich, daß ich so viele nette Essener Mitbürger begrüßen kann!« ruft er fröhlich. »Ich bin der Toni! Der eine oder andere von Ihnen kennt mich sicher. Man nennt mich, und darauf bin ich sehr stolz, den lustigen Spaghettikoch von Essen-Rüttenscheid!«

Übers ganze Gesicht strahlend, wendet er sich zur Seite und greift nach einer Schnur, die zu einer hoch über der Tür angebrachten Rolle führt. »Und nun Attentione, meine Herrschaften!« Er zieht daran, und ein mit großer, roter Schrift bemaltes Plakat kommt zum Vorschein. Darauf steht:

Einladung

Alle Kinder und Eltern lade ich
morgen, Freitag, von 16 bis 19 Uhr,

zu einem fröhlichen Spaghettifest
in mein Ristorante ›Bei Toni‹ ein

Immer mehr Leute strömen zusammen und scharen sich im Halbkreis um Onkel Henri. Wie ein nicht zu erschütterndes Denkmal steht er da. Auf seinem Schädel spiegelt sich die Sonne, aus seiner Miene spricht Gelassenheit. Die dicke, auf der Brust mit einem Schloß versehene Kette spannt sich so eng um ihn, daß man meinen könnte, sie schnüre ihm die Luft ab.

Die Passanten beginnen zu tuscheln und ihre Meinungen über den Glatzkopf auszutauschen. Noch herrscht großes Rätselraten. Auch die Reklamezettel, die Tina, Paolo und Marek verteilen, verraten nichts darüber, was der gefesselte Muskelprotz in den roten Pumphosen vorhat.

Das Gedränge auf dem Bürgersteig nimmt immer beängstigendere Formen an. Da verschafft sich Toni Siriani Gehör, indem er laut in die Hände klatscht und um Ruhe bittend weit die Arme ausbreitet.

»Liebe Zuschauer, liebe Kinder – dies ist ein schöner Tag für mich und meine Familie, ja für uns alle! Morgen wird mein Lokal wieder eröffnet. Aus Freude darüber ist ein berühmter Artist zu uns gekommen – Henri, ein lieber Freund von mir.«

Toni Siriani zeigt auf ihn und fährt mit lauter Stimme fort: »Der starke Henri, den wir hier vor uns sehen, ißt übrigens ebenso gern Spaghetti wie alle Kinder!«

Ein paar Jungen und Mädchen, die mit hochgereckten Köpfen vorn stehen, beginnen schüchtern zu klatschen, ein paar Erwachsene schließen sich an. Das Schauspiel scheint alle lebhaft zu interessieren.

Den Blick auf die Menge gerichtet, die sich schubst und immer weiter nach vorn schiebt, spricht der Gastwirt weiter: »Und jetzt wird uns Henri etwas vorführen, was man sonst nur, wenn man großes Glück hat, in einem Zirkus sehen kann. Mit seiner ungeheuren Körperkraft wird er versuchen, die dicke Eisenkette zu sprengen! Ja, Sie haben richtig gehört, meine Herrschaften! Drücken wir unserem Goliath fest die Daumen, daß es ihm gelingt!«

Er gibt Onkel Henri ein Zeichen. Der nickt unmerklich, steigt – damit ihn auch alle sehen können – die drei Stufen zum Portal empor und wendet sich wieder den Leuten zu, die ihn mit großen Augen anstarren.

Sein Blick wandert in die Runde und verhält bei einem unmittelbar vor ihm stehenden jungen Mann. Ihn spricht Onkel Henri an: »Darf ich Sie bitten, sich zu überzeugen, daß das Schloß fest verschlossen ist?«

Der Bursche läßt sich das nicht zweimal sagen. Er schaut sich den Verschluß an, zerrt mit beiden Händen daran und bestätigt laut: »Es ist alles okay!«

»Danke«, erwidert Onkel Henri zufrieden. »Sie sehen, meine Herrschaften, ich arbeite ohne Trick und doppeltem Boden! Und nun bitte ich um Ruhe und Aufmerksamkeit! Jetzt werde ich versuchen, die schwere Eisenkette auseinanderzureißen!«

Er holt tief Luft, atmet aus, holt wieder Luft, atmet noch einmal hörbar aus. Dann senkt er den Kopf, konzentriert sich und geht, einen dumpfen Schrei ausstoßend, in die Knie und pumpt sich beim Aufrichten die Lungen voll. Sein Brustkorb weitet sich, die Muskeln springen hervor, das Gesicht läuft rot an, die Augen werden klein, die Kette scheint sich in Arme,

Brust und Rücken zu fressen – er atmet aus, der Vorgang wiederholt sich – ein Geraune entsteht unter den Zuschauern, die Spannung steigt.

Da – alle können es sehen – beginnt ein Kettenglied zu zucken. Der Ruck setzt sich fort, Henri verstärkt seine Anstrengungen, die ersten Schweißperlen tropfen auf Hals und Brust – die Muskeln auf seinen Oberarmen schwellen noch mächtiger an – und da passiert's!

Die Kette reißt auseinander, sie rutscht an ihm herunter und fällt klirrend auf die Steintreppe. Atemlose Stille!

Mit einem erlösenden »Yes!« reißt Henri die Arme hoch. Starker Beifall setzt ein. Heftig nach Luft ringend, aber erleichtert über die gelungene Demonstration seiner Kräfte, bedankt sich Henri für den Applaus. Daß hinter den vielen jubelnden Leuten der Autoverkehr in beiden Richtungen ins Stocken geraten ist, nimmt er nicht gewahr. Neugierig schauen die Fahrer zu der Menschenansammlung auf der gegenüberliegenden Straßenseite hinüber. Auch Herr Maßberger steckt mit seinem Auto in diesem Stau. Sonst würdigt er beim fast täglichen Vorbeifahren das italienische Lokal keines Blickes, jetzt aber würde er doch gern wissen, was sich dort abspielt. Was ist denn das für ein komischer Glatzkopf, der mit nacktem Oberkörper in der Tür steht und sich mit hochgereckten Armen in alle Richtungen verbeugt?

Plötzlich durchzuckt ihn ein Verdacht: Das ist mein Bruder, das ist Henri! Aber im selben Moment sagt er sich auch schon: Nein, unmöglich – das kann er nicht sein. Er ist nicht kahlköpfig, und außerdem würde er sich doch wohl nicht so lächerlich machen und wie ein Clown auf der Straße auftreten.

Die Autokolonne setzte sich wieder in Bewegung, und Bernhard Maßberger vergißt den kurzen Zwischenfall.

Am nächsten Morgen jedoch, als er beim Frühstück einen Blick in die Zeitung wirft, springt ihm die Überschrift ins Auge: »Super-Henri sprengt Ketten für Spaghetti!«

Mitten in dem Bericht, der eine einzige Lobhudelei für den aus Essen stammenden, jetzt zu Besuch aus Amerika zurückgekehrten Artisten darstellt, prangt Henris Foto. Entsetzt stellt Herr Maßberger fest, daß sein Bruder Ohrringe und

Armbänder trägt und mit der dicken Kette aussieht, daß man sich schämen muß.

Wütend springt er auf und will mit der Zeitung zu seiner Frau hinaufeilen – da betritt sie im Morgenmantel, die leere Gießkanne in der Hand, die Küche.

»Ilse, das schlägt dem Faß den Boden aus!« ruft er und fuchtelt mit der Zeitung. »Schau dir das hier an! Henri macht uns lächerlich! Man muß sich ja schämen, daß man mit diesem Kerl verwandt ist! Was sagst du dazu?«

»Wovon sprichst du? Was ist passiert?«

»Da! Lies das!« Er knallt ihr die Zeitung hin.

Seelenruhig überfliegt Frau Maßberger den Artikel. Da ihr Tina gestern nachmittag schon begeistert von Henris Show erzählt hat, erfährt sie nichts Neues. Kein Grund zur Aufregung.

»Ist das nicht der Gipfel der Geschmacklosigkeit?«

»Ich finde das recht lustig! Es scheint den Leuten doch viel Spaß gemacht zu haben!«

»Aber mir nicht! So was kann Henri in Honolulu tun oder bei seinen Indianern, aber nicht hier! Was sollen unsere Geschäftspartner denken?«

»Die haben bestimmt mehr Humor als du!«

Herr Maßberger schnauft und starrt wieder auf die Zeitung. Dann sagt er: »Nach diesem Skandal macht Tina die Schwarzwaldwanderung nicht mit!«

»Komm, mach daraus jetzt keine Staatsaktion! Sei froh, daß Henri kein Miesepeter ist, sondern Spaß versteht. Er hat das ja nicht gemacht, um dich zu ärgern, sondern um Herrn Siriani zu einer Bombenreklame zu verhelfen!«

»Das Spaghettilokal interessiert mich nicht!«

»Warum machst du dann so ein Theater? Was Henri tut, geht dich überhaupt nichts an!«

»Aber mit wem meine Tochter die Ferien verbringt, das geht mich wohl was an!«

»Und mich ebenfalls. Tina ist schließlich auch meine Tochter. Und wenn ich mich recht erinnere, hast du ihr versprochen, daß sie mit Henri in den Schwarzwald darf.«

»Wegen ihrer sehr guten Mathearbeit, sonst hätte ich niemals meine Erlaubnis gegeben!«

»Also Schluß jetzt damit!« ruft Frau Maßberger mit einer Stimme, die keinen Widerspruch duldet. Und sie fügt hinzu, was sie ihrem Mann schon seit ihrer Rückkehr vom Tegernsee sagen wollte: »Paolo und Marek werden übrigens die Wanderung auch mitmachen!«

»Was sagst du da? Das kommt nicht in Frage! Das gestatte ich nicht!«

»Das ist *meine* Belohnung für Tinas Mathearbeit! Und jetzt will ich kein Wort mehr davon hören! Nicht du mit deinem Dickschädel bist wichtig, sondern allein unsere Tochter! Gönnen wir ihr die Ferien mit Henri und ihren Freunden!«

Mit rotem Kopf, schnaubend vor Wut, fegt Herr Maßberger die Zeitung vom Tisch und eilt aus der Küche. Kopfschüttelnd schaut ihm seine Frau nach. Mit einem Gefühl der Erleichterung hebt sie die Zeitung auf und gießt sich einen Schluck Kaffee ein.

Als sie am späten Nachmittag ihr Versprechen wahrmacht und einen Blick in die wieder eröffnete Gaststätte von Paolos Vater wirft, erlebt sie eine begeisterte, Spaghetti essende Kinderschar mit Müttern und Vätern. Vorn, nah der Küche, sitzt Tina mit Paolo und Marek.

Na, denen geht's ja bestens, denkt Frau Maßberger zufrieden und will sich ungesehen wieder zurückziehen – da taucht Onkel Henri im schwarzen Gehrock, weißem Seidenschal und roter Chrysantheme im Knopfloch hinten in der Tür auf. Elegant wie Charly Chaplin schwenkt er ein schwarzes Stöckchen, lüftet den Hut – da entrollen sich unter dem Jubel der Kinder so viele Luftschlangen, daß er plötzlich wie buntbehaart dasteht.

Dann geht es Schlag auf Schlag. Er zeigt Kartenkunststücke, jongliert mit fünf Bällen, läßt Gegenstände verschwinden und zaubert sie wieder hervor. Schließlich setzt er – unter atemloser Stille – einen Teller auf die Spitze seines Stöckchens. Vorsichtig versetzt er es in kreisende Bewegungen, bis sich der Teller zu drehen beginnt, schneller, immer schneller.

Begeistert hängen alle Augen an dem Teller. Plötzlich gellt ein Aufschrei durch das Lokal – der Teller fliegt durch die Luft und scheint gleich jemandem auf den Kopf zu fallen, aber Onkel Henri fängt ihn zuvor geschickt auf und stellt ihn vor sich auf den Tisch.

Da eilt Toni Siriani mit seiner weißen Kochmütze herbei und hält ihm eine Schüssel hin. Lachend greift Onkel Henri mit einer theatralischen Geste hinein und stopft sich eine Handvoll Spaghetti in den Mund. Die Kinder toben vor Freude.

Als wieder Ruhe einkehrt, steigt er auf einen Stuhl. »Und jetzt lade ich euch alle in den größten Zirkus der Welt ein! Eintritt frei! Aufgepaßt! Die Galavorstellung beginnt!«

Frau Maßberger weiß, was jetzt kommt. Sie kennt diese großartige Darbietung. Henri kann täuschend echt Tierstimmen nachahmen: bellen, miauen, gurren und piepsen, fauchen wie ein Löwe, trompeten wie ein Elefant und so schnell quaken, daß man glaubt, einem nächtlichen Froschkonzert beizuwohnen.

Henri, du bist wirklich einmalig, denkt sie, als sie unbemerkt die Gaststätte verläßt und zu ihrem Wagen zurückgeht. Du bist ein richtiges Goldstück. Großartig, wie du Kinder zum Lachen bringst und glücklich machst. Schade, daß es nicht mehr von deiner Sorte gibt!

8

Ein Glück, daß wir ein Abteil für uns allein haben, denkt Onkel Henri, als der Intercity aus dem Essener Hauptbahnhof rollte. So stören wir niemanden, und die Kinder können schnattern, wie ihnen der Schnabel gewachsen ist.

Tina und Paolo haben die Fensterplätze mit Beschlag belegt, Marek hat es sich an der Tür bequem gemacht. Die vier großen Rucksäcke, beide Zelte sowie ein Beutel mit Schuhen und einer mit Fressalien sind im Gepäcknetz verstaut.

»Jetzt wollen wir uns versprechen, als gute

Freunde fest zusammenzuhalten! Nur dann werden wir bestimmt auch schöne Ferientage erleben«, sagt Onkel Henri.

»Für die Spaghettibande ist das doch Ehrensache«, erwidert Paolo und kuschelt sich, glücklich über den Beginn der Reise, in die Polster.

»Jeder paßt gut auf seine Sachen auf, und jeder nimmt Rücksicht auf den anderen! Und ich möchte keine Meckerei hören, habt ihr mich verstanden?« Die Kinder nicken stumm. »Für keinen von uns gibt's eine Extrawurst, auch nicht für mich. Nur wenn wir alle an einem Strick ziehen, werden wir viel Freude an unserer Wanderung haben.«

Bei diesen Worten platschen die ersten Tropfen gegen das Abteilfenster. Kurz darauf prasselt ein so heftiger Platzregen nieder, daß man nichts mehr von der vorbeifliegenden Landschaft sehen kann.

»Das fängt ja gut an«, sagt Tina lachend. Am liebsten möchte sie fragen, ob das Zelt auch garantiert wasserdicht ist, und ob es gefährlich ist, bei Gewitter darin zu bleiben. Aber weil sie nicht als Angsthase dastehen will, schweigt sie.

»Onkel Henri, du wolltest uns doch erzählen,

wie du zaubern gelernt hast«, sagt Marek. Er, der gern tüftelt, bastelt und sogar schon eine Menge von Computern versteht, kann sich einfach nicht erklären, wie die Zauberkunststücke funktionieren.

»Ich ging noch zur Schule, ich war so etwa dreizehn, vierzehn Jahre alt...«

»Wie wir!« ruft Tina dazwischen und kassiert dafür einen ärgerlichen Fußtritt von Paolo.

»...da hat mich meine Tante Paula aus Düsseldorf auf die Kirmes mitgenommen. Die ganze Rheinwiese war voller Karussels, Buden und Zelten. Gleich in das erste sind wir hineingegangen: in einen Flohzirkus.«

»Gab es da richtige Flöhe?«

»Logo!« sagt Marek. Sein vorwurfsvoller Blick drückt aus: Wie kann man nur so was Doofes fragen?

»Ja, natürlich«, fährt Onkel Henri fort und streckt Daumen und Zeigefinger aus. »Die Flöhe zogen so winzige Wägelchen und sprangen durch schmale Ringe, aber, ehrlich gesagt, viel habe ich nicht gesehen.«

»Weil es Schwindel war!«

»Nein! Wegen der vielen Zuschauer! Und weil

Flöhe nun mal etwas kleiner sind als Elefanten!«

»Nicht ganz so groß!« ruft Paolo, und alle kichern so laut, daß man es bis ins Nachbarabteil hört.

»In der nächsten Bude war die ›dickste Frau der Welt‹ zu sehen, ein Koloß von vier Zentnern, außerdem Liliputaner, die hervorragend jonglieren konnten. Und dann erlebte ich einen Fakir! Der war dünn wie ein Gerippe und hatte große, pechrabenschwarze Augen.«

»Wie ich!« ruft Paolo und zieht seine Augenwinkel so weit auseinander, daß er aussieht wie ein grinsender Chinese.

»Dieser Fakir nahm eine lange, dicke Nadel und stieß sie sich durch beide Wangen. Und dann hat er mit den bloßen Händen ein ziemlich großes Feuer gelöscht.«

Gebannt hängen die Kinder an seinen Lippen. Als Onkel Henri, in seinen Erinnerungen schwelgend, auf einen Zauberkünstler namens Ortelli zu sprechen kommt, beugt sich Marek ganz weit vor, um ja kein Wort zu versäumen.

»Ich habe Mund und Nase aufgesperrt, als dieser berühmte Ortelli auftrat. Schwarzer Bart, schwarze Kleidung, weiße Handschuhe. Er griff in die Luft und hatte plötzlich ein Kartenspiel in der Hand! Er faßte sich ans Ohr, und es saßen zwei weiße Mäuse auf seiner Schulter! Er ließ Kaninchen verschwinden, spuckte hintereinander zehn Tischtennisbälle aus und verwandelte einen Spazierstock in einen bunten Seidenschirm! Und wißt ihr, was darauf saß? Ein Papagei!«

»Das hätte ich gern miterlebt!« sagt Tina begeistert.

»Und dann kam das Allertollste!« fährt Onkel Henri fort. »Ortelli holte mich auf die Bühne!«

»Und hat dich in einen Hund verzaubert!« ruft Paolo vergnügt und duckt sich, weil Tina ihm einen Rippenstoß versetzen will.

»Ehrlich gesagt: Mir war nicht ganz geheuer, als ich vor ihm stand. Plötzlich griff er mir in die Tasche und holte einen großen Wecker mit einer meterlangen Kette heraus. Immer, wenn er mir den Wecker ans Ohr hielt, klingelte er.«

»Wie lustig!«

»Kaum hatten sich die Zuschauer beruhigt, setzte er mir seinen Zylinder auf. Dann sollte ich ihn abnehmen. Ihr haltet es nicht für möglich: auf meinem Kopf saßen zwei weiße Tauben!«

»Hattest du die nicht gespürt?«

»Überhaupt nicht! Ehrenwort!«

»Ein toller Zauberer!« – »Wie ist das möglich?«

»Waren die Tauben wirklich echt?« rufen die Kinder erregt durcheinander.

Schmunzelnd erzählt Onkel Henri weiter: »Ich war von diesem Ortelli so begeistert, daß wir uns die Vorstellung dreimal angesehen haben, und hinterher habe ich zu meiner Tante gesagt: »Ich will auch Zauberer werden!«

»Und das bist du ja auch geworden!« sagt Tina stolz. Sie himmelt ihren Onkel geradezu an. Was der alles kann! Und welche Einfälle er immer hat. Mit ihm langweilt man sich nie!

»Als ich siebzehn war, bin ich das erste Mal von zu Hause weggelaufen. Ich wollte unbedingt zum Zirkus! Drei Tage später war das Abenteuer jedoch vorbei, und ich habe die Schule dann bis zum Abitur durchgehalten. Anschließend sollte ich Kaufmann lernen, wie Tinas Vater, aber das war mir viel zu langweilig. Ich wollte immer Artist werden.«

»Onkel Henri, verrat uns doch mal ein paar Tricks, die ein Zauberer können muß!«

»Marek, darüber sprechen Artisten nicht! Du wirst nie erleben, daß jemand darüber ein Wort verliert. Dann wär' der ganze Zauber ja weg!«

Diese Bemerkung löst eine lebhafte Diskussion aus. Die Kinder reden sich die Köpfe heiß, bis Paolo plötzlich ruft: »Die Burg dort drüben kenn' ich! Die haben wir gesehen, als wir mit Oma Lüneburg auf dem Rhein entlanggefahren sind!«

Alle schauen aus dem Fenster. Der Regen hat aufgehört. Düstere Wolken jagen über die Weinberge dahin. Schlepper stampfen rheinaufwärts, hinter sich vollbeladene, tief im Wasser liegende Frachtkähne.

Auf einmal trommelt Tina mit beiden Händen aufgeregt gegen das Fenster. »Schnell! Seht mal! Da kommt die ›MS Deutschland‹! Onkel Henri – mit der sind wir den ganzen Rhein runtergefahren – von Basel bis Rotterdam!«

»Und dabei habt ihr euren Freund Ali kennengelernt und gemeinsam einem Diamantenschmuggler das Handwerk gelegt!« ergänzt Onkel Henri. Tina hatte ihm die aufregende Geschichte längst erzählt.*

* Dieses spannende Abenteuer wird in dem Band *Ali und die Spaghettibande* erzählt.

Begeistert vom Wiedersehen des flaggengeschmückten Passagierschiffes pressen die Kinder die Gesichter gegen die Scheibe. Aufgeregt und lachend erinnern sie sich an ihre tollen Erlebnisse, und als sich der Zug Pforzheim nähert, wo sie aussteigen wollen, wundern sie sich, wie schnell die Zeit verflogen ist.

In weiser Voraussicht hat Onkel Henri in einer Pension am Blumenhof zwei Zimmer für die erste Übernachtung reservieren lassen. »Das ist das letzte Mal, daß wir bequem schlafen! Ab morgen gibt's kein fließendes Wasser und keine Toilette mehr! Ab morgen wird's ernst! Um acht wird gefrühstückt, und um neun wandern wir los!«

»Juchhei!« ruft Tina, und Paolo und Marek führen in ihrem Übermut einen Indianertanz auf, bei dem sich Onkel Henri denkt: Hoffentlich seid ihr morgen abend, nach der ersten Etappe, auch noch so vergnügt – müder als jetzt seid ihr auf jeden Fall...

Beim Abmarsch am nächsten Morgen sieht es nach Regen aus, aber sie haben Glück: Hinter dem »Kupferhammer«, wo an der Schwarzwaldpforte der Gedenkstein für den Pforzheimer Liederdichter Ludwig Auerbach steht, klart es auf. Der Wind läßt nach, und mit einem Mal haben alle das Gefühl, in einer anderen Welt zu sein. Onkel Henri breitet seine Wanderkarte aus und deutet auf einen Punkt. »Schaut mal her! Hier sind wir! Es gibt drei Wanderwege durch den Schwarzwald – wir nehmen den mittleren!«

»Und wie weit gehen wir heute?«

»Mal sehen, wie weit unsere Kräfte reichen. Wir haben Zeit. Wir wollen ja keinen Rekord aufstellen.« Onkel Henri wirft einen letzten Blick auf die umgehängten Rucksäcke und auf die Schuhe der Kinder. »Wenn einer müde wird, muß er's sagen. Ich kann zwar zaubern, aber keine Gedanken lesen.«

»Oje! Das wäre schlimm!« ruft Paolo unter dem Gelächter der anderen.

»Vielleicht lerne ich's aber noch«, erwidert Onkel Henri schmunzelnd.

Sie wandern los, einem riesigen Waldgebiet entgegen. Grauweiße Wolken jagen über ihnen dahin. Zu beiden Seiten breiten sich wogende Getreidefelder aus, dazwischen grüne Weiden, auf denen Kühe grasen oder wiederkäuend beisammen liegen.

Nach gut zwei Stunden machen sie die erste Rast.

Gegen Mittag treffen sie auf einen Trupp Waldarbeiter, der gefällte Baumriesen zersägt und längs des Weges stapelt. Es sind die einzigen Menschen, denen sie begegnen, bis sie an einer von Sonnenstrahlen erhellten Lichtung ihre Rucksäcke abwerfen und Pause machen.

»Na, geht's noch?« fragt Onkel Henri, während er die vorbereiteten Butterbrote verteilt und jedem einen Apfel gibt. Paolo gießt allen Zitronentee aus seiner Thermosflasche ein und verteilt Milchschnitten.

»Ich bin kein bißchen müde!« behauptet Marek und bringt damit Tina dazu, zu verschweigen, daß ihr die Füße schon weh tun.

Nach einem langen Blick auf die Wanderkarte verkündet Onkel Henri: »Wir gehen noch zirka zwei, drei Kilometer, dann suchen wir uns einen schönen Platz zum Zelten, und morgen früh geht's dann über Wildbad weiter.«

Alle sind einverstanden und genießen das Ausruhen auf dem moosigen Gras. Vogelgezwitscher liegt in der Luft. In der Ferne ist ein Kuckuck zu hören.

Nach einer Weile steht Tina auf, um mal kurz zu verschwinden. Sie bahnt sich durch das dichte Farnkraut einen Weg und erreicht einen steil ansteigenden Pfad. Oben angelangt, bleibt sie neugierig stehen. Am nahen Waldrand parkt ein Auto mit offenem Kofferraum. Ein Mann und eine Frau laden Möbel aus.

Das dürfen die nicht! Das ist verboten, geht es Tina durch den Kopf. Schnell macht sie kehrt, läuft zurück und erzählt den anderen, was sie beobachtet hat.

»Los! Hin! Das schauen wir uns an!« sagt Marek und springt auf.

Paolo, fast ebenso schnell, rät Tina, den Fotoapparat mitzunehmen. »Seid bloß vorsichtig!« ruft ihnen Onkel Henri nach. »Die dürfen euch nicht bemerken!«

Im Schutz der Bäume schleichen sich die Kinder an, Onkel Henri folgt ihnen mit äußerster Vorsicht. In einem Graben gehen sie in Dekkung. Kein Zweifel. Der Mann und die Frau schleppen alles, was sie loswerden wollen, in den Wald: einen ausgedienten Herd, zwei Sessel, ein Ofenrohr, und jetzt bemühen sie sich, ein kleines Sofa aus dem Auto zu heben.

»Das ist eine ausgemachte Sauerei, was sich diese Umweltsünder erdreisten!« flüstert Onkel Henri.

»Die fotografier' ich jetzt!« Paolo läßt sich von Tina den Apparat geben. Als der Flinkste der Spaghettibande hat er die größte Chance, unbemerkt in die Nähe des Autos zu gelangen.

Als das Ausladen kein Ende zu nehmen scheint, entscheidet Onkel Henri: »Die stell' ich jetzt zur Rede! Kommt!«

Sie erheben sich und gehen entschlossen auf die Leute zu. Paolo hat sich so geschickt getarnt, daß sie ihn nirgendwo sehen.

Plötzlich scheint der Fahrer die Gefahr zu wittern. Er knallt den Kofferraum zu, springt, fast gleichzeitig mit der Frau, ins Auto und fährt so rasant an, daß die Erde aufspritzt. Ärgerlich droht Onkel Henri ihnen nach und sagt, als sie vor dem Sperrmüll stehen: »Für mich sind das Verbrecher! Stellt euch mal vor, jeder würde sein Gelump einfach irgendwohin bringen! Die Natur ist doch keine Müllkippe! Was denken sich diese Leute bloß?«

»Und wenn wir groß sind, ist alles kaputt!«

Da taucht Paolo auf und hält triumphierend

zwei Fotos hoch, die er mit Tinas Polaroid gemacht hat. »Ich hab' sie voll drauf!«

Alle schauen sich die Bilder an. Sie zeigen die Umweltsünder beim fluchtartigen Einsteigen in ihr Auto. Selbst das polizeiliche Kennzeichen ist zu sehen.

»Und wie geht's jetzt weiter, Onkel Henri?« fragt Tina und steckt die Kamera wieder in den Rucksack.

»Wir machen uns wieder auf den Weg. Im nächsten Dorf werden wir mal schauen, ob uns die Fotos weiterhelfen.«

Er wirft noch einmal einen Blick auf die Bilder. »Jedenfalls habt ihr jetzt mal mit eigenen Augen gesehen, daß es nicht nur Schweine mit vier Beinen gibt!«

9

Jedesmal, wenn sich Dr. Luther mit seiner Arzttasche zu Julia hinaufbegibt, faltet Frau Wehrle die Hände und murmelt, die Augen auf ihr Hochzeitsfoto gerichtet, ein Gebet. Vielleicht erhört mich der liebe Gott und hilft meinem Kind in seiner großen Not und macht damit Erich und mich zu den glücklichsten, dankbarsten Eltern auf der Welt, hofft sie inbrünstig.

Julia bringt Dr. Luther so viel Vertrauen entgegen, daß sie ihm, nachdem er sie untersucht hat, ihr Tagebuch aufgeschlagen hinhält und sagt: »Ich habe über Sie etwas hineingeschrieben. Lesen Sie mal!«

»Lieb von dir, daß du mir das zeigen willst, aber was du da hineinschreibst, sollten andere eigentlich nicht lesen«, entgegnet der Arzt und läßt sich seine tiefe Besorgnis über den Krankheitsverlauf nicht anmerken. Julias Gelenkschmerzen haben sich verstärkt, die Lymphknoten sind weiter angeschwollen, und die Blässe ihrer Haut ist unübersehbar. Alles klare Symptome der Leukämie, der qualitativen, dramatischen Veränderung der weißen Blutkörperchen.

»Gut, dann verschließ' ich das Tagebuch wieder«, sagt Julia leise.

Aufmerksam beobachtet Dr. Luther, wie sie sich bemüht, den winzigen Flachschlüssel in das kleine Schloß an der Lederklappe zu stecken. Dann hebt er den Kopf und sagt zu dem Wellensittich, der temperamentvoll in seinem Käfig hin- und herhüpft und laut zwitschert: »Nun schimpf doch nicht so! Du störst nur unsere Unterhaltung, und das ärgert mich!«

Julia nimmt ihre Puppe in den Arm. »Er schimpft nur, weil er auf sie eifersüchtig ist!«

Dr. Luther schmunzelt. Das sind Julias Spielchen, auf die er sich immer gern einläßt. Diese Phantasien machen ihr das lange Liegen erträglicher, vertreiben ihr die Zeit und lenken sie ab. Schön, daß ihr das alles noch soviel Spaß macht.

Mit spitzbübischem Lächeln hält Julia ihre Puppe hoch. »Jetzt – passen Sie auf! – gibt Bubi Ruhe!« Sie läßt die Puppe unter der Bettdecke verschwinden. Fast im selben Moment hört das Gezwitscher auf. Neugierig äugt der Vogel, den Kopf verdrehend, herüber, klettert nach unten und trinkt aus seinem Wassernapf.

»Das ist ja großartig«, sagt Dr. Luther und entschließt sich aufzustehen. Doch da hält ihn eine Frage zurück.

»Kommt Bubi auch in den Himmel, wenn er stirbt?«

»Das glaube ich kaum. Weißt du, Vögel und auch alle anderen Tiere haben ihre eigene Welt, und was mit ihnen später geschieht, das kann ich dir beim besten Willen nicht sagen.«

»Aber wir Menschen kommen in den Himmel?«

»Für alle Christen ist das eine Vorstellung, die aus ihrem Glauben kommt und die auch sehr beruhigend ist.«

Julia schweigt, den Blick fest auf Dr. Luther gerichtet. Unvermittelt streckt sie die rechte Hand aus. Wie ein loses, bläuliches Geflecht schimmern die Äderchen durch die Haut, die Finger sind erschreckend dünn.

»Manchmal habe ich das Gefühl, die Hand ist tot.«

Dr. Luther ergreift ihre Hand und reibt sanft darüber. »Das bildest du dir nur ein. Wir kriegen dich hoffentlich schon wieder auf die Beine, und dann kehrt auch Kraft in deine Hände, in deinen ganzen Körper zurück.«

»Und wenn nicht – muß ich dann sterben?«

»Die Frage möchte ich so beantworten: Niemand auf der Welt weiß, wie lange er lebt. Aber solange sein Herz schlägt, solange er atmet und denken und etwas tun kann, wie du zum Beispiel, wenn du deine Bücher liest oder ins Tagebuch schreibst, oder wenn du dich mit deinem Wellensittich unterhältst oder mit mir oder mit deinen Eltern – solange ist der Tod gar kein Thema.«

»Ich habe keine Angst davor, tot zu sein.«

»Siehst du – da geht's dir wie mir: Ich ebenfalls nicht.«

»Ich stell' mir vor: Totsein ist wie schlafen, ohne daß man morgens aufwacht. Und nichts tut einem dann mehr weh.«

Dr. Luther greift nach ihren Armen und tastet sie bis zu den Schultern und Hals hinauf ab. »Hast du da Schmerzen?«

»Nicht mehr als sonst auch.«

»Ich werde deiner Mutter ein Rezept geben für ein Öl. Damit soll sie dich regelmäßig einreiben. Das wird dir guttun.« Dr. Luther erhebt sich und schließt seine Arzttasche.

»Herr Doktor, hat meine Mutti Sie schon gefragt, ob ich auf das Stadtfest darf?«

»Nach Freudenstadt?«

Julia nickt. »Ich möchte so gern dahin!«

»Also wenn du dich in den nächsten Tagen wohler fühlst, hab' ich nichts dagegen«, entgegnet Dr. Luther, voller Zweifel, ob sich das Mädchen das selbst noch zutrauen wird. Schließlich verschlechtert sich ihr Zustand von Tag zu Tag.

»Sagen Sie es meiner Mutti? Und sie soll raufkommen, wenn sie Zeit hat.«

»Ich schick' sie rauf!« Er winkt ihr freundlich zu und ergreift seine Arzttasche. »Und jetzt ruh dich schön aus!«

Als er hinausgeht, setzt das Gezwitscher wieder ein. Überrascht schaut sich Dr. Luther um. Mit einem schwachen, triumphierenden Lächeln hält Julia ihre Puppe hoch. Bubi hüpft in seinem Käfig hin und her.

»Ja, du hast recht, Julia! Ein klarer Fall von Eifersucht! Ich werde mal in meinem schlauen Buch nachsehen, ob es dagegen nicht eine Pille gibt.«

»Warum? Bubi soll ruhig schimpfen und eifersüchtig sein! Mich stört das nicht!«

»Na, um so besser. Also, mein Fräulein, dann bis morgen!«

10

Onkel Henri macht sich nichts vor: Ganz so zügig, wie er sich das vorgestellt hat, wird die Wanderung wahrscheinlich nicht verlaufen. Tina, Paolo und Marek tippeln zwar brav, aber zunehmend wortkarger neben oder hinter ihm her. Offensichtlich lassen ihre Kräfte nach. Höchste Zeit, einen Platz zum Zelten ausfindig zu machen.

Sie kommen durch ein Dorf voller schmucker Häuser. Ein paar Kinder laufen zusammen und starren sie an wie Menschen von einem anderen

Stern. Weil sich Tina über diese Gafferei ärgert, streckt sie ihnen die Zunge raus. Mit dem Erfolg, daß die Buben das gleiche tun, und einer ihr laut »Blöde Ziege!« zuruft.

Paolo und Marek blicken sich zu ihr um. Onkel Henri gibt ihnen zu verstehen, daß sie ruhig weitergehen sollen. Zu Tina sagte er: »Das kommt davon, wenn man anfängt.«

»Die müssen einen ja nicht so blöd anstarren!«

»Das beste ist: nicht reagieren!« Er deutet mit den Augen nach vorn. »Gleich werden wir hoffentlich ein gutes Plätzchen für unsere erste Nacht im Zelt finden.«

Kaum hat Onkel Henri das gesagt, geschieht etwas Unerwartetes. Paolo und Marek bleiben stehen, blicken nach rechts, stecken die Köpfe zusammen, machen kehrt und laufen auf Onkel Henri und Tina zu.

»Wir haben den Wagen entdeckt!«

»Das Auto, mit dem die Leute die alten Möbel in den Wald gebracht haben!«

»Ist das wahr? Wo?« fragt Tina aufgeregt. Daß sie das Auto wiederfinden würden, hat sie nicht für möglich gehalten.

Onkel Henri schlägt vor, drüben vor dem

Gasthaus Kriegsrat zu halten. Aufatmend nehmen sie die Rucksäcke ab und setzen sich auf eine Bank. Sie beschließen, anhand der Fotos zu überprüfen, ob auch keine Verwechslung vorliegt.

Bereitwillig springen Paolo und Marek auf. Jeder will die Abzüge haben, aber Tina gibt sie nicht aus der Hand. Da entscheidet Onkel Henri: »Laßt mich das mal machen!« Kurzentschlossen geht er mit den Bildern auf das schräg gegenüberliegende Haus zu, in dessen zurückgebauter, offener Garage der verdächtige Wagen stehen soll.

Tatsächlich – dort steht das Auto! Na, wer sagt's denn? Jetzt haben wir euch Dreckmacher erwischt, denkt Onkel Henri zufrieden und geht zurück zu den Kindern. »Na, die Leutchen werden Augen machen. Mit denen werde ich jetzt mal Tacheles reden!«

»Was heißt das: ›Tacheles reden?‹« fragt Marek und kommt damit seinem Freund zuvor, der diesen Ausdruck auch noch nicht gehört hat. Kein Wunder – bei seinen italienischen Eltern.

»Tacheles reden heißt: Jemandem unverblümt die Meinung sagen, die Leviten lesen, den Kopf waschen!« erklärt Onkel Henri und versetzt damit die Kinder in eine kaum zu bändigende Erregung. Daß sie die Übeltäter gefunden haben, ist eine Wucht.

»Dürfen wir mitkommen, Onkel Henri?«

»Ja, aber ihr sagt kein Wort! Das überlaßt ihr mir.«

Auf dem Türschild steht: »*O. Lehmann*«. Die oberen Fenster des Einfamilienhauses sind offen. In verschwenderischer Fülle blüht es im Vorgarten. Zwischen den Beeten liegen und stehen zahlreiche Gartenzwerge.

Plötzlich läßt sich in der Haustür eine kräftige, etwa vierzigjährige Frau blicken. Sie hat eine Kittelschürze an und einen Putzeimer in der Hand. Ihr Mißtrauen ist unübersehbar. »Zu wem wollen Sie?«

»Ich würde gern Ihren Mann sprechen«, entgegnet Onkel Henri seelenruhig.

»In welcher Angelegenheit?«

»Ich möchte ihm eine schöne Mitteilung machen.«

Die Frau ruft ins Haus: »Otto, da ist jemand für dich!«

Die Kinder können es kaum erwarten, daß

sich der Mann herausbequemt. Da erscheint er. Kaum älter als die Frau, mittelgroß, Brille, Bäuchlein. »Ja, was gibt's denn?«

»Mein Name ist Maßberger. Das hier ist meine Nichte mit ihren Freunden. Wir befinden uns gerade auf einer Wanderung.«

»Und was wollen Sie von mir?«

»Ihnen zu Ihrem Eigentum verhelfen!«

Verdutzt blickt Otto Lehmann seine Frau an, dann wieder Onkel Henri. »Ich versteh' nicht recht. Sie wollen mir zu meinem Eigentum verhelfen? Wollen Sie mir etwa was verkaufen?«

»Ich wollte Ihnen nur sagen, wo Sie Ihren halben Hausrat wieder abholen können.«

»Den Sie im Wald ausgeladen haben!« platzt Paolo dazwischen.

Lehmann läuft rot an. Er ballt die Fäuste und ringt nach Luft. Dann brüllt er: »Verschwindet! Aber schnell! Sonst...« Er verschluckt seine Drohung.

»Spielen Sie doch nicht den Unschuldigen!« erwidert Onkel Henri mit entschlossener Stimme. »Oder wollen Sie bestreiten, daß Sie den Wald mit einer Müllhalde verwechselt haben?«

»Ich verbitte mir diese Unverschämtheit!« faucht der Mann und zeigt auf das Gartentor. »Jetzt aber raus!«

»Immer schön mit der Ruhe, Herr Lehmann!«

»Verlassen Sie mein Grundstück!«

»Sie wollen doch nicht im Ernst bestreiten, daß Sie...«

»Sie müssen mich verwechseln! Ich würde nie auf die Idee kommen, so etwas zu tun! Das könnte ich mir gar nicht erlauben! Ich bin Mitglied des Gemeinderates!«

»Wir haben Sie dabei fotografiert!« ruft Tina und hält die beiden Abzüge hoch.

Wie vom Blitz getroffen, schlafft der Mann zusammen und sucht nach Worten. Hilfesuchend blickt er seine Frau an. Triumphierend schwenkt Tina die Fotos über ihrem Kopf.

»Nun, Herr Lehmann? Erinnern Sie sich nicht doch an Ihr Eigentum, das einsam und verlassen im Wald herumliegt? Ich würde Ihnen empfehlen, es sofort abzuholen!«

»Darf ich Sie mal ins Haus bitten?« erwidert der aus der Fassung geratene Mann. »Aber ohne die Kinder.«

»Wozu diese Umstände?« Onkel Henri deutet

aufs Auto. »Holen Sie das Zeug lieber gleich zurück! Oder wollen Sie, daß der ganze Ort von dem Skandal erfährt? Mitglied des Gemeinderats verschandelt die Umwelt! Eine schöne Sauerei!«

Otto Lehmann gibt sich geschlagen. Mit gesenktem Kopf geht er zu seinem Wagen hinüber. Ärgerlich verschwindet seine Frau ins Haus und schlägt wütend die Tür zu. Onkel Henri wechselt schnell ein paar Worte mit den Kindern, dann steigt er ebenfalls ins Auto und sagt: »Ich begleite Sie! Sicher ist sicher!«

Zähneknirschend setzt Lehmann rückwärts sein Auto aus der Garage, wendet und gibt Gas.

Tina, Paolo und Marek hocken sich auf ihre Rucksäcke und beginnen sich zu langweilen.

Endlich, nach knapp einer Stunde, taucht der Wagen wieder auf. Bis unters Dach ist er vollgeladen. Das Sofa hängt aus dem Kofferraum heraus. Keuchend schleppen Lehmann und seine Frau die Sachen ins Haus zurück.

Zufrieden setzt sich Onkel Henri zu den Kindern und schildert ihnen den Verlauf der Aktion. »Und jetzt wird uns der Gauner zur Strafe zu einem Platz fahren, wo wir zelten können, er kennt einen in der Nähe.«

»Prima!« – »Super!« – »Herrlich, da brauchen wir nicht mehr zu laufen!« rufen die Kinder durcheinander. Dann stellt Marek eine Frage, die auch die anderen beschäftigt. »Was passiert, wenn er morgen die Sachen wieder in den Wald zurückbringt?«

»Ich werde ihm nachher noch mal ins Gewissen reden!« verspricht Onkel Henri, und das tut er auch, als Lehmann sie bis unmittelbar vor das Tor eines idyllisch an einem Bach gelegenen Zeltgeländes fährt.

Nachdem die Kinder ihr Gepäck aus dem Wagen genommen haben, sagt Lehmann kleinlaut zu Onkel Henri: »Sie haben recht, Herr Maßberger. Es war dumm von mir, was ich getan habe. Es soll auch bestimmt nicht wieder vorkommen.«

»Das will ich auch hoffen. Sie haben doch selbst Kinder! Jede Umweltsünde, auch die kleinste, ist ein Verbrechen an ihnen.«

»Ja, ich weiß. Es war mir eine Lehre.« Nach kurzem Überlegen nimmt Otto Lehmann einen Fünfzig-Mark-Schein aus seiner Geldbörse und sagt zu den Kindern: »Das ist für euch! Kauft euch was dafür auf eurer Wanderung!«

»Danke! Das tun wir!« erwidert Marek und steckt das Geld ein, während Paolo demonstrativ schweigt. Er ist immer noch stinksauer auf den Mann.

Tina überlegt, ob sie dem Mann die verräterischen Fotos überlassen soll, aber wozu? Er würde sie sicher nur zerreißen. Besser ist, ich klebe sie in unser Spaghettibanden-Heft, in das wir alle wichtigen Ereignisse eintragen.

Als Lehmann wegfährt, beginnen sie mit dem Aufbau ihrer beiden Zelte. Es geht besser und einfacher als erwartet. Die Jungs befestigen an jedes einen Wimpel und richten ihre Schlafsäcke her. Onkel Henri packt den Proviant aus und richtet den Spirituskocher her. »Kinder, es ist zwar erst halb vier, aber ich schlage vor, daß wir jetzt erst mal tüchtig reinhauen!«

Alle stimmen ihm begeistert zu und setzen sich vor die Zelte. Sie entwickeln einen Mordsappetit und fühlen sich großartig, aber dann macht sich doch die Müdigkeit nach der ersten Etappe bemerkbar.

»Na, du Schlafmütze? Alles okay? Hast du die Nacht gut überstanden?« fragt Onkel Henri schmunzelnd, als Tina, bis zum Kinn eingemummt, die Augen aufschlägt.

Verwundert schaut sie ihn an. Sie scheint nicht gleich zu begreifen, wo sie sich befindet. Im Zelt nebenan albern Paolo und Marek herum. Onkel Henri hat sich bereits angezogen, draußen belegte Brote vorbereitet und Tee gekocht.

»Onkel Henri, bist du schon lange auf?«

Er nickt. »Das gehört sich so für den Frühstückschef. Wir haben Glück mit dem Wetter.«

»Ich habe himmlisch geschlafen. Besser als zu Hause.« Tina setzt sich auf und bewegt die Schultern hin und her. »Ein bißchen hart war es allerdings schon.«

»Ein Indianer kennt keinen Schmerz«, erwidert er scherzend. »So, jetzt geh dich erst mal waschen. Der Bach hat herrlich klares Wasser.«

»Und wann brechen wir auf?«

»Wenn wir alles wieder gepackt haben. Wir lassen uns Zeit. Vermutlich wird es heiß werden, aber wir tippeln ja die meiste Zeit durch den Wald, da ist es angenehm kühl.«

Paolo und Marek kriechen, noch im Trainingsanzug, aus ihrem Zelt. Feixend hält jeder

Tina die geschlossene Faust hin. »Rate mal, was wir hier haben?«

»Keine Ahnung.«

»Da! Fang!« Wie auf Kommando werfen sie Tina einen schwarzglänzenden Käfer und eine Heuschrecke zu. Mit einem Schreckensschrei springt sie auf und stürzt ins Freie. Die Jungs biegen sich vor Lachen. Und dann beginnt ein lautstarker Streit, den Onkel Henri mit dem Versprechen schlichtet, daß Tina sich eine Revanche ausdenken darf.

Beim Frühstücken herrscht wieder Eintracht. Danach bauen sie die Zelte ab, richten das Gepäck her, tragen den Abfall in den Müllbehälter und marschieren im Gänsemarsch auf den mit zwei roten Dreiecken gekennzeichneten Wanderweg zu.

Während einer Rast im Frutendorfer Wald donnern zwei Burschen auf ihrem Motorrad auf der tiefergelegenen Straße vorbei. Sie tragen schwarze Lederkluft und weißrote Helme. Mit halsbrecherischem Tempo gehen sie in die Kurve.

»Motorrad fahren muß super sein!« sagt Paolo beeindruckt.

»Ich kauf' mir später auch so eine Maschine!« fügt Marek hinzu.

Aber zu ihrer Verwunderung dämpft Onkel Henri die Begeisterung. »Und wenn ihr dann auch noch so rast wie diese Irren, landet ihr garantiert bald im Krankenhaus!«

»Oder auf dem Friedhof, sagt mein Vater immer.« Kaum hat Tina das gesagt, hören sie wieder ein herannahendes Knattern. Alle blicken zur Straße hinunter, wo die Burschen auf dem Motorrad wieder aufkreuzen, scharf abbremsen, auf die Wiese fahren, halten und absteigen. »Volle Deckung!« flüstert Paolo.

Sie ducken sich. Selbst Onkel Henri zieht den Kopf ein. Gespannt beobachten sie die Fremden. Die recken sich, stapfen hinauf zum Waldrand und lassen sich dort nieder. Nachdem sie sich Zigaretten angezündet haben, schlagen sie sich für eine Weile in die Büsche.

»Seht euch diesen Leichtsinn an!« sagt Onkel Henri zu den Kindern. »Durch eine weggeworfene Kippe ist schon so mancher Waldbrand entstanden. Gerade jetzt im Sommer, wenn alles so trocken ist.« Er schaut auf die Uhr. »Freunde, packen wir es wieder!«

Sie stehen auf, helfen sich die Rucksäcke umhängen und setzen die Wanderung fort. Als sie an den Motorradfahrern vorbeikommen, sehen sie, daß sie nietenbeschlagene Jacken und hochhackige, spitze Stiefel tragen. Mit ausgestreckten Beinen hocken sie auf zwei Baumstümpfen und glotzen ihnen gelangweilt entgegen. Der eine hat einen dunkelblonden Lockenkopf, der andere einen fast kahlgeschorenen Schädel. Ein Streichholz flammt auf und setzt neue Zigaretten in Brand.

»Grüß Gott! Seid schön vorsichtig mit den Kippen!« ruft Onkel Henri freundlich im Vorbeigehen.

»Halt die Klappe!« mault der Kahlkopf.

»Oder wollt ihr, daß der Wald abbrennt?«

Der Lockenkopf spuckt verächtlich auf den Boden. »Hau ab! Behalt deinen Senf für dich!«

»Kommt, gehen wir weiter!« sagt Onkel Henri zu den Kindern und wendet sich um. Höhnisches Gelächter folgt ihnen.

Nach wenigen Metern saust ein Stein neben ihnen ins Gebüsch. »Du alter Sack! Verzieh dich!« grölt einer der Burschen. Und da fliegt auch schon der nächste Stein.

»Hinter die Bäume!« ruft Onkel Henri den Kindern zu, wirft Zeltrolle und Rucksack ab und läuft wutentbrannt zu den Burschen zurück. Die blicken sich kurz an, werfen den letzten Stein, knapp an Onkel Henri vorbei, rennen zu ihrem Motorrad und springen auf.

»Du blöder Hund!« ruft der Kahlköpfige Onkel Henri zu, bevor er Gas gibt und davonbraust.

»Wenn ich die erwischt hätte!« sagt Onkel Henri, als er völlig außer Atem zu den Kindern zurückkehrt und sein Gepäck auf die Schultern nimmt. »Die hätten was erleben können.«

»Hast du gar keine Angst gehabt?« fragt Tina, immer noch blaß vor Schreck.

Selbstbewußt schüttelt er den Kopf. »Vor diesen halben Portionen? Die hätte ich mit einem Arm hochgestemmt! Diese Rüpel! Im Wald Zigaretten rauchen und dann auch noch mit Steinen werfen! Pfui Teufel!«

»Vielleicht begegnen wir denen auch noch mal!« sagt Paolo. »So zufällig wie dem Mann mit den Möbeln.« Spontan streckt er die Hand aus, Tina und Marek schlagen ein und heben und senken dreimal die zusammengelegten Hände.

»Was hat das denn zu bedeuten?«

»Das gehört zur Geheimsprache der Spaghettibande! Das ist das Zeichen dafür, daß wir uns alle dasselbe wünschen!«

»Und darf ich erfahren, was ihr euch wünscht?«

»Daß uns diese Burschen noch einmal über den Weg laufen! Dann machen wir aus ihnen Hackfleisch, nicht wahr, Onkel Henri?«

11

»Es geht Julia nicht besser und nicht schlechter als nach meinem letzten Besuch«, sagt Dr. Luther, als er nach der Untersuchung des Mädchens einen Blick ins Wohnzimmer wirft, wo Frau Wehrle hinter der Nähmaschine sitzt.

Sogleich steht sie auf. »Und was das Stadtfest betrifft: Erfüllen Sie ihr den Wunsch! Fahren Sie ruhig mit ihr hin. Aber Sie dürfen ihr keine Anstrengung zumuten! Das müssen Sie mir versprechen.«

Frau Wehrle nickt flüchtig. »Ich würde ja nicht

hinfahren, aber Julia liegt mir mit dem Stadtfest ständig in den Ohren.«

»Ich weiß, Frau Wehrle, also machen Sie ihr die Freude.« Auf dem Weg zur Tür fügt er hinzu: »Die Abwechslung wird sie ein wenig ablenken und auf andere Gedanken bringen, hoffe ich.«

»Das glaube ich auch, Herr Doktor.« Verzagt begleitet sie den Arzt hinaus. »Wer weiß, vielleicht ist es das letzte Mal.«

Dr. Luther übergeht die Bemerkung. »Also dann bis übermorgen. Und lassen Sie sich nicht unterkriegen, Frau Wehrle. Nicht die Hoffnung aufgeben, auch wenn's hoffnungslos aussehen mag.«

Diese Worte des Arztes gehen Lotte Wehrle durch den Kopf, als sie am Nachmittag des nächsten Tages Julia aus dem Auto hilft und mit ihr bedächtigen Schrittes auf den Marktplatz zugeht, wo das zweitägige Stadtfest stattfindet. Ganz Freudenstadt scheint auf den Beinen zu sein. Viele Besucher tragen voller Stolz – von auswärtigen Gästen bewundert und bestaunt – ihre sehenswerte, eindrucksvolle Schwarzwälder Tracht. Fröhliche Stimmen und viel Gelächter vermischen sich mit den Klängen des Blasorchesters, das auf einem girlandengeschmückten Podest stimmungsvolle Melodien schmettert. Düfte von Backwaren, gegrillten Hähnchen, gerösteten Mandeln und gebratenen Fischen schweben über dem in der Sonne liegenden Platz.

Frau Wehrle merkt, wie schwer Julia das Gehen fällt. Angesichts der vielen zufriedenen Festbesucher und all der ausgelassenen Kinder zwischen ihnen spürt sie ihr Unglück noch stärker als sonst. Warum muß ausgerechnet ihre Julia, ihr ein und alles, so sterbenskrank sein? Gut und schön, noch gibt es eine geringe Hoffnung für das arme Kind, aber, wie es scheint, könnte das auch Julias letzter Ausflug sein.

Endlich entdeckt Frau Wehrle zwischen all den Menschen ihren Mann. Er hat den Wagen geparkt und hält vor einem Weinausschank drei Plätze frei. Die Gäste sitzen an langen Tischen, alle sind in ausgelassener Stimmung.

Erich Wehrle tauscht mit seiner Frau einen besorgten Blick. Erschrocken stellen beide fest, wie sehr die kurze Autofahrt hierher Julia angestrengt hat. Darüber täuscht auch nicht ihr schwaches Lächeln hinweg, als sie Platz nimmt und sich mit großen Augen die schwatzenden, sorglos am Tisch sitzenden Leute anschaut.

Bekümmert legt Lotte Wehrle den Arm um Julias schmale, knochige Schultern. »Was möchtest du trinken? Einen Saft? Oder lieber etwas anderes?«

»Darf ich ein Eis haben?«

Mit diesem Wunsch hat Frau Wehrle nicht gerechnet. Seit Wochen läßt Julias Appetit sehr zu wünschen übrig, und auch heute mittag hat sie kaum einen Bissen angerührt. Ob Eis da nicht schadet? Wenn man das nur wüßte. Andererseits – warum soll sie ihr nicht diesen Wunsch erfüllen?

Als sich endlich die Bedienung nähert, steht ihr Mann auf und sagt: »Für mich brauchst du nichts zu bestellen. Ich geh' ein bißchen rum und trink' im Zelt einen Schoppen.«

»Bleib aber nicht zu lange!« erwidert Frau Wehrle besorgt, aber ihr Mann hört es bei dem Getöse nicht mehr. Unweit ihres Tisches, zwischen einem Stand mit türkischem Honig und einer von Halbwüchsigen belagerten Schießbude, stellen zur gleichen Zeit zwei junge Männer enttäuscht fest, daß sie kaum noch Geld haben. Jedenfalls nicht genug, um sich auf dem Stadtfest zu amüsieren.

Sie sind mit ihrem Motorrad hergekommen. Die chromblitzende Maschine parkt an der evangelischen Stadtkirche im Halteverbot. Klaus nimmt seinen Sturzhelm ab und fährt zerstreut über seine dunkelblonden Locken. »Ist ja ein schöner Scheiß!«

»Lieber 'n leeren Beutel als 'ne volle Blase!«

»Laß die Sprüche! Wären wir lieber zum Baden gefahren.«

»Das können wir immer noch«, erwidert Hannes, der ein halbes Jahr jünger als Klaus ist und im September achtzehn wird. Grinsend bietet er seinem Freund eine Zigarette an. »Jetzt drehen wir erst mal 'ne Runde und peilen die Lage. Vielleicht angeln wir uns 'n Goldfisch, den können wir dann gleich mit zum Baden nehmen.«

Beim langsamen Weitergehen in der Menge bemerkt Hannes eine vollbusige, pausbäckige Frau in einem Dirndl, der ein Mann gerade ein Lebkuchenherz umhängt. Er knufft seinem Freund in die Seite und sagt mit blöder Einfalt: »Ist der Po auch noch so breit – er paßt doch in ein Dirndlkleid!«

Klaus hört nur mit halbem Ohr hin. Seine Neugier gilt einem still an einem langen Tisch dasitzenden Mädchen, dessen Mutter gerade aufsteht, die Handtasche zurückläßt und voller Wiedersehensfreude auf ein paar Frauen zugeht, die vor dem Weinzelt auf sie warten. Überschwenglich fallen sie sich in die Arme.

In seinem Kopf macht es »klick«, und sein Plan steht fest. Er flüstert Hannes was ins Ohr. Der schaut kurz zu Julia hinüber, nickt zustimmend, und kurz darauf steht er neben ihr und fragt: »Ist hier noch Platz?«

Sie schüttelt den Kopf.

»Schade.«

Während Julia immer noch hochschaut, hat Klaus unbemerkt die Handtasche an sich gebracht und taucht in der Menge unter. Hannes folgt ihm unauffällig. Hinter einer Würstchenbude bleiben sie stehen und durchwühlen die Handtasche. Sie finden etwas Kleingeld und hundertneunzig Mark in Scheinen. Grinsend steckt Hannes das Geld ein und sagt zu Klaus: »Na, was läßt sich am besten vernaschen?«

»Handtaschen!« Zufrieden zwinkern sie sich zu und schlagen sich auf die Schultern.

Dann blickt sich Hannes mißtrauisch um. Alles bestens – niemand beobachtet sie. Schnell wirft er die Tasche in eine Abfalltonne und macht ein zufriedenes Gesicht.

»Und jetzt heißt's verschwinde, wie der Furz im Winde!« sagt Klaus und pufft seinem Freund übermütig in die Rippen.

»Laß uns erst ein Bier zischen!« erwidert Hannes. Ein letzter vorsichtiger Blick – die Luft ist rein. Als sie am nächsten Ausschank auf ihr Bier warten, denken beide das gleiche: Es hat wieder mal hingehauen, der Tag ist gerettet.

Während sie gutgelaunt und frei von Gewissensbissen ihren Durst löschen, nähert sich Onkel Henri, den Cowboyhut auf dem Kopf, mit Tina, Paolo und Marek dem Stadtfest. Die Kinder fühlen sich wie neugeboren. Zum ersten Mal seit Beginn der Wanderung haben sie vorhin in einer Gaststätte zu Mittag gegessen. Dabei hat ihnen Onkel Henri wieder viel Lustiges aus seinem Artistenleben erzählt, und daß Freudenstadt darin eine schicksalhafte Rolle gespielt hat. Hier hat er während eines kurzen Gastspiels mit einem Wanderzirkus Betty, eine wunderschöne und umjubelte Schlappseiltänzerin, kennengelernt, und sie haben sich Hals über Kopf ineinander verliebt.

Zum ersten Mal hört Tina, wo sich ihr Onkel und ihre Tante das erste Mal begegnet sind. »Und wo habt ihr geheiratet? Hier im Schwarzwald?«

»Ich will euch mal etwas zeigen«, sagt Onkel Henri und entnimmt dem Seitenfach seiner Geldbörse ein zerknittertes Papier. Es stellt sich als die Hälfte eines verblichenen Zehn-Dollar-Scheins heraus.

»Das Geld ist doch nichts mehr wert«, sagt Paolo. In der Gaststätte seines Vaters hat mal ein Gast mit einem bekritzelten Schein bezahlt, bei dem eine Ecke gefehlt hat. Die Bank hat sich geweigert, ihn einzulösen.

»Diese halbe Dollar-Note hat mir zeit meines Lebens immer mehr bedeutet als vieles andere«, erklärt Onkel Henri. »Und wißt ihr auch, warum? Betty mußte nach ihrem Gastspiel gleich ein Engagement in England antreten und anschließend nach New York zurückfahren, wo sie auch gewohnt hat. Als wir Abschied nehmen mußten, hatten wir natürlich keine Ahnung, ob wir uns jemals wiedersehen würden. Da hat

Betty von ihrer letzten Gage einen Zehn-Dollar-Schein genommen und vor meinen Augen zerrissen. Das hier ist die Hälfte, die sie mir gegeben hat.«

»Und warum hat sie das getan?«

»Aus Liebe! Sie hat gesagt: ›Darling, solange wir beide unsere Dollarhälften wie unseren Augapfel hüten, solange können wir sicher sein, daß wir uns wiedersehen werden‹. Und so ist es sechs Jahre später auch gekommen.« Er wendet sich Tina zu. »Und um endlich auf deine Frage zurückzukommen: Wir haben in New York geheiratet. Rate mal, was oben auf unserer riesigen Hochzeitstorte in einer silbernen Klammer steckte?«

»Die beiden Dollarhälften!« rufen alle drei wie aus einem Munde und freuen sich über die gemeinsame Antwort. Nach diesem aufschlußreichen Mittagessen haben die Kinder ihre Wanderschuhe gegen Turnschuhe getauscht und das Gepäck in dem Gasthaus gelassen. Unbeschwert und unternehmungslustig nähern sie sich in der Menschenmenge dem Stadtfest.

Tina läuft ein paar Schritte vor. »Bleibt mal stehen! Ich will euch fotografieren!«

»Nicht schon wieder!« ruft Marek, und Onkel Henri ergänzt: »Spar dir den Film für was Besseres auf!«

Plötzlich, in Höhe der Stadtkirche, stutzt Marek. Unter den dort abgestellten Motorrädern fällt ihm eine mit allen Schikanen ausgestattete Maschine auf. Ein richtiger Feuerstuhl! So eine möchte ich später haben, denkt er und macht Paolo auf die heiße Rakete aufmerksam.

Der zieht die Stirn kraus und sagt nach einem Blick auf das Motorrad: »Ich werd' verrückt! Marek, die gehört den Burschen, die uns mit Steinen beworfen haben!«

Er flitzt zu Onkel Henri, der mit Tina bereits die Straße überquert und berichtet von seiner Entdeckung. Mit einer triumphierenden Geste streckt er die Hand aus, und Tina und Marek schlagen spontan ein. Das Ritual der Spaghettibande hat sich erfüllt. Die Rowdys sind ihnen zufällig wieder über den Weg gelaufen, genauer gesagt: Sie treiben sich höchstwahrscheinlich auf dem Stadtfest herum.

Zwar kann Onkel Henri verstehen, daß sich die drei nichts anderes wünschen als diese Halbstarken zu entdecken, aber wozu? Das gibt höchstens neuen Ärger. Und dem möchte er entgehen.

»Von mir aus haltet die Augen offen und schaut, ob ihr sie irgendwo seht, aber ich sage euch, das bringt nichts! Interessiert euch lieber für das Heimatfest! Und ab jetzt immer schön zusammenbleiben, sonst verlieren wir uns in dem Gedränge!«

»Wenn wir die Burschen sehen, Onkel Henri, können wir dann nicht heimlich die Polizei holen?« fragt Tina ungeduldig. Der Gedanke, es den Rohlingen doch noch heimzahlen zu können, fasziniert sie geradezu.

»Das schlag dir mal aus dem Kopf! Die Polizei lacht uns höchstens aus, wenn wir ihr mit so was kommen!«

»Die müssen doch bestraft werden! Beinahe hätten sie uns getroffen – und was dann?«

»Aber es ist uns ja zum Glück nichts passiert«, erwidert Onkel Henri und ergreift Tinas Hand. »Komm, gehen wir weiter!« Enttäuscht blicken sich Marek und Paolo an. Schade, daß sie den Burschen keinen Denkzettel verpassen dürfen.

Da kommt Paolo eine Idee. Sie ist zwar mit einem kleinen Risiko verbunden, aber sie verspricht Erfolg. Er flüstert sie Marek ins Ohr. Dessen Augen leuchten auf, und er nickt zustimmend. Ja, das ist die Rache für das Steinewerfen!

»Schnell! Onkel Henri darf nichts merken!«

Sie ducken sich, machen kehrt und laufen das kurze Stück zur Stadtkirche zurück. Vorsichtig, sich in alle Richtungen absichernd, schleichen sie sich an das Motorrad heran. Niemand scheint von ihnen Notiz zu nehmen, aber dennoch ist ihnen mulmig zumute.

»Jetzt!« flüstert Marek. Sie bücken sich gleichzeitig und zerren an beiden Reifen das Ventil heraus. Herrlich – es macht zweimal zwischend »fttt«. Mit roten Köpfen springen die Jungs auf und rennen zurück.

»Na, wo steckt ihr denn?« ruft Onkel Henri vorwurfsvoll. »Ich hab' schon befürchtet, ihr seid verlorengegangen!«

»Da müßten wir ja schön doof sein«, erwidert Marek und grinst über sein ganzes, von Sommersprossen übersätes Gesicht.

12

Nur ungern hat Lothar Mühlhaupt den Auftrag seines Chefs entgegengenommen, noch einmal achtzig bis hundert Zeilen über das Stadtfest zu schreiben. »Junge, komm ja nicht ohne eine gute Geschichte zurück! Mach die Augen auf! Irgend etwas passiert da doch immer! Also bring mir nur keine Nullachtfünfzehn-Kiste, hörst du? Denk dran: Ein guter Journalist, und der willst du doch werden, ist wie ein gescheiter Hahn! Der findet immer ein ganz besonders dickes Korn!«

Eingedenk dieser Worte bummelt Lothar wachsam über den lärmerfüllten Marktplatz. Aber wohin er auch schaut – ihm fällt nichts Ungewöhnliches auf. Alles ist stinknormal. Notfalls schreibe ich über die dicke Luftballonverkäuferin mit der Pappnase, vielleicht gibt die eine lustige Story her.

Plötzlich erregt ein Zwischenfall seine Aufmerksamkeit. Wenige Schritte vor ihm, an einem der langen Tische, sieht er ein weinendes Mädchen, eine aufgeregt herumfuchtelnde Mutter, dazu wild dazwischenredende Tischnachbarn.

Was ist da los? Neugierig tritt er näher und hört: »Julia, wo hast du denn bloß deine Augen gehabt? Du mußt das doch gesehen haben! Ich hab' dir extra noch gesagt: Paß auf meine Tasche auf!«

Bestürzt schüttelt Lotte Wehrle den Kopf. Das gibt's doch nicht! Sie hat Julia nur wenige Minuten allein gelassen, um mit drei zufällig vorbeikommenden Frauen aus dem Kirchenchor ein paar Worte zu wechseln – und jetzt ist ihre Handtasche weg!

Lothar Mühlhaupt mischt sich in den Disput

ein. »Wie sah denn die Tasche aus? War viel drin?«

»Mein Ausweis, die Schlüssel, mein Postsparbuch und Geld, fast zweihundert Mark.«

Ein vom Wein leicht angesäuselter Mann steht mühsam auf und verkündet leicht lallend: »Ich alarmiere jetzt die gesamte Polizei der Stadt!«

Seine Frau zieht ihn am Ärmel herunter und schüttelt energisch den Kopf. Ein anderer Mann sagt: »Das ist völlig zwecklos! Wie soll die denn den Dieb erwischen? Der ist doch längst über alle Berge!«

Entsetzt über den Verlust ihrer Sachen, beugt sich Frau Wehrle zu Julia hinunter. Das Mädchen hat die Hände vors Gesicht geschlagen und schluchzt leise. »Kind, denk mal genau nach! Du mußt doch jemanden gesehen haben! Die Handtasche hat sich doch nicht in Luft aufgelöst!«

Da blickt Julia auf. Ihr Gesicht ist tränenüberströmt. »Ich hab' nur ...«, beginnt sie, »... mich hat nur jemand gefragt, ob der Platz neben mir frei ist!«

»Wie sah er aus? Jung? Alt? Dick? Dünn?«

»Er war jung und hatte den Kopf voller Locken.«

»Und was hat er angehabt?«

»Ich glaube, eine schwarze Lederjacke.«

Nanu, das Mädchen kenne ich doch, geht es Lothar plötzlich durch den Kopf. Woher nur? Da fällt's ihm ein. Ja richtig, das ist das kranke Kind, das seiner Omi auf dem Friedhof einen Zettel an den Grabstein gelegt hat. Beinahe hätte ich darüber eine Geschichte geschrieben, aber mein Chef hat abgewinkt. »Ich will bei uns nicht diesen Illustriertenkram lesen, wovon sowieso die Hälfte nicht wahr und der Rest gelogen ist! Wir sind eine seriöse Heimatzeitung! Denk daran, Junge! Sonst wird aus dir nie ein guter Lokalredakteur!«

»Ich möchte heim!« flüstert Julia schluchzend.

Verzweifelt hält Frau Wehrle nach ihrem Mann Ausschau. Wo steckt er nur? Er weiß doch, daß es für Julia zu anstrengend wird. Das arme Kind! Es bibbert am ganzen Körper. Und jetzt noch der Ärger mit der Handtasche!

Kurzentschlossen bietet Lothar Frau Wehrle seine Hilfe an. »Ich fahre Sie beide gern nach Hause. Mühlhaupt ist mein Name, ich bin bei der ›Schwarzwald-Zeitung‹.«

»Danke, nicht nötig, wir sind selbst mit dem

Auto da. Mein Mann muß jeden Moment zurückkommen.« Der Verzweiflung nah, schaut sie sich wieder nach ihm um. Plötzlich entdeckt sie ihn und winkt ihm lebhaft zu, sich zu beeilen.

Leider wieder keine Geschichte, denkt Lothar und schlendert ziellos weiter. Er überlegt, ob er nicht einfach Fremde interviewen soll, die ihm auffallen: dort den Dicken in der kurzen Lederhose zum Beispiel! Oder die beiden Frauen mit den lila Haaren, die aussehen wie geschmückte Vogelscheuchen! Oder vielleicht den lustig dreinschauenden Mann dort drüben mit dem Cowboyhut und den drei Kindern! Ach, Quatsch! Das bringt wohl nichts! Vielleicht passiert doch noch etwas, sagt sich Lothar im Weitergehen.

»Jetzt mache ich aber ein Foto!« ruft Tina. Sie will unbedingt den Film zu Ende knipsen.

Bereitwillig bleiben Onkel Henri und Marek stehen und schauen in die Kamera. Nur Paolo scheint taub zu sein. »He! Komm!« ruft Marek ungeduldig. »Mach brav grinsgrins!«

Doch statt sich dazuzustellen, flüstert er ihnen aufgeregt zu: »Dort drüben stehen sie!«

»Wer?«

»Die Steinewerfer!«

Alle schauen in die Richtung. Tatsächlich – dort lümmeln die beiden mit einer Flasche Bier in der Hand.

»Jetzt schnappen wir sie uns!« sagt Paolo und freut sich schon auf die Gesichter der beiden.

»Das bringt überhaupt nichts!« Onkel Henri erklärt den Kindern wieder, daß sie nichts gegen die beiden in der Hand haben. Währenddessen entgeht ihnen, daß die Burschen plötzlich die Köpfe zusammenstecken und herüberschauen. An dem Cowboyhut haben sie Onkel Henri erkannt.

»Ab durch die Mitte!« befiehlt Hannes, wirft seine Flasche weg und verdrückt sich. Klaus folgt ihm auf dem Fuß.

»Sie sind weg, abgehauen!« stellt Marek überraschend fest.

»Um so besser!«

»Schade.« Paolo ist enttäuscht. Das einzige, was ihn freut, ist die Tatsache, daß die Mieslinge gleich ganz schön fluchen werden, wenn sie ihr Motorrad sehen.

Zufrieden geht Onkel Henri, auf der Suche

nach freien Stühlen, mit den Kindern weiter. Endlich entdeckt er vier Plätze, und sie setzen sich. Die Leute am Tisch tuscheln miteinander – der Cowboyhut sorgt für Schmunzeln und Gesprächsstoff.

»Ich hole uns was zu trinken«, sagt Onkel Henri und geht in das Zelt, in dem es kaum ein Durchkommen gibt.

Plötzlich reißt Paolo den Fotoapparat an sich. »Kann ich den mal haben?«

»Was willst du damit?«

»Blöde Frage!« und schon springt er auf und taucht in der Menge unter. Wenn ich Glück habe, klappt's, sagt er sich und bahnt sich einen Weg zum gegenüberliegenden Ausgang, der in Richtung Stadtkirche führt.

Er will gerade über die Straße laufen, da trifft ihn fast der Schlag. Wenige Meter vor ihm gehen die beiden Rocker auf ihr Motorrad zu. Paolo springt schnell hinter ein dichtes Gebüsch, schleicht weiter und findet eine Stelle, von der aus er das Motorrad gut sehen kann.

Die zwei setzen ihre Helme und Brillen auf, heben die Maschine von der Parkstütze – und da entdecken sie die Bescherung. Fluchend beugen sie sich zu den platten Reifen hinunter. Dann schauen sie sich um und schieben nach kurzer Beratung den lahmgewordenen heißen Ofen davon.

Im Gebüsch macht es leise »klick«, und schon kommt das Foto aus dem Apparat. Nach wenigen Minuten ist der Schnappschuß bestens zu erkennen: Die Burschen sind voll drauf.

Zufrieden steckt Paolo das Bild ein, verläßt das Versteck und rennt zu Tina und Marek zurück, die immer noch auf Onkel Henri warten. Völlig außer Atem nimmt er Platz und legt Tina die Polaroid auf die Knie.

»Sag mal, spinnst du? Du kannst doch nicht einfach mit meinem Apparat abhauen!« Demonstrativ rückt sie ein Stück von Paolo ab, damit er sieht, wie sauer sie auf ihn ist.

Grinsend zieht er das Foto aus der Tasche und hält es ihr triumphierend vor die Nase. Bevor sie etwas erkennen kann, reißt Marek es ihm aus der Hand, wirft einen Blick drauf und schreit begeistert auf. Dann reicht er es Tina und erzählt ihr, was sie vorhin heimlich gemacht haben. Ohne eine Miene zu verziehen, schaut sie sich das Foto an. Insgeheim freut sie sich zwar darüber, daß die Rowdys jetzt einen Denkzettel verpaßt bekommen haben, aber sie spielt weiter die Beleidigte.

Plötzlich ist – über den Köpfen der Menge – Onkel Henris Cowboyhut zu sehen. Schnell läßt Paolo das Foto verschwinden und macht auf dem Tisch Platz, damit Onkel Henri die mühsam herbeigetragenen Gläser absetzen kann.

»Entschuldigt, es hat ein bißchen lang gedauert! Ich sag' euch, im Zelt geht's zu wie... wie bei einem Stadtfest!« Er wendet sich einem hinter ihm stehenden jungen Mann zu. »Nehmen Sie Platz, Herr Mühlhaupt.« Dann deutet er auf die Kinder. »Das sind meine tapferen Wandergenossen!«

Der Reporter gibt allen die Hand und setzt sich. »Zufällig habe ich euren Onkel kennengelernt. Ich bin Reporter und schau' mich hier ein bißchen um, weil ich über das Stadtfest einen Artikel schreiben soll.«

Schmunzelnd nimmt Onkel Henri seinen Hut ab. »Und als er mich mit diesem amerikanischen Prachtstück gesehen hat, hat er sich gedacht: Wie kommt so ein Verrückter nach Freudenstadt auf das Stadtfest?«

»Ganz recht«, sagt Lothar lachend. Er legt Block und Kugelschreiber vor sich, wendet sich den Kindern zu und notiert sich deren Namen und Alter.

»Jetzt erzählt mir mal ein bißchen von euch. Wo kommt ihr her? Wie gefällt's euch im Schwarzwald? Seid ihr schon wandermüde, oder schafft ihr es noch bis zur Schweizer Grenze?«

Bevor eines der Kinder antworten kann, sagt Onkel Henri: »Was der junge Mann mit euch macht, nennt man ein Interview!«

»Das kennen wir schon! In Essen sind wir auch mal interviewt worden!« sagt Paolo spontan, und Tina ergänzt: »Wir sind sogar schon im Fernsehen gewesen! Der WDR hat uns gefilmt!«

»In welchem Zusammenhang?« fragt Lothar neugierig und macht sich eine Notiz.

»Weil wir die Spaghettibande sind!« ruft Marek stolz.

»Was ist das denn für ein Klub?«

Die Kinder erzählen dem Reporter, wie sie sich durch den Unfall eines Kruppschen Rentners, der Opa Masolle heißt, kennengelernt haben, und wie es zur Gründung der Spaghettibande kam. Sie erzählen von ihrem Baumhaus, daß jeder einen Geheimklub-Ausweis mit Paßbild besitzt, und daß es noch ein viertes Mitglied gibt, den zwölfjährigen Türkenjungen Hakam, der von allen aber Ali gerufen wird.

Lothars Hand fliegt nur so über den Block. Das gibt eine schöne Story, denkt er. Arbeitstitel: »Spaghettibande amüsiert sich in Freudenstadt«. Ein Glück, daß er den humorvollen Alten mit dem Cowboyhut vorhin angesprochen hat.

Nachdem er genug Informationen besitzt, bedankt er sich bei den Kindern und fügt hinzu: »Ich glaube, jetzt wird die Spaghettibande auch im Schwarzwald berühmt.«

»Wann erscheint denn Ihre Geschichte?«

»Voraussichtlich übermorgen.« Zufrieden steckt Lothar Block und Kugelschreiber wieder ein. »Wenn ich euch nicht kennengelernt hätte, wäre ich jetzt arm dran. Dann müßte ich wohl vermutlich über etwas ziemlich Trauriges schreiben: über ein krankes Mädchen, das hier am Tisch vor einer Stunde bestohlen worden ist.«

»Von wem?« – »Was hat man ihr gestohlen?« – »Ist der Dieb entkommen?« fragen die Kinder durcheinander.

Bereitwillig gibt Lothar Auskunft. »Vermutlich hat sich so ein junger Herumtreiber die Handtasche der Mutter unter den Nagel gerissen. Das einzige, was man weiß, ist, daß er einen Lockenkopf hat und eine Lederjacke trägt.«

Verblüfft schauen sich die Kinder an. Paolo holt den Schnappschuß heraus und deutet auf den kleineren der beiden Steinewerfer. »Der da hat Locken und trägt eine schwarze Motorradkluft.«

»Was ist das für ein Foto?«

»Das hab' ich vorhin gemacht.«

»Und wer sind die beiden Burschen?«

Alle reden durcheinander und erzählen, woher sie sie kennen und was sie mit ihnen erlebt haben. »Ob sie auch stehlen, weiß ich natürlich nicht«, erklärt Onkel Henri, »aber zuzutrauen wäre ihnen das schon.«

Nachdenklich betrachtet Lothar Mühlhaupt das Foto. Dann kommt ihm eine Idee. »Herr Maßberger, vielleicht schnappen wir den Dieb doch noch. Würden Sie mir helfen?«

»Und wie? Haben Sie einen guten Plan, junger Mann?«

»Wir zeigen dem Mädchen diesen Schnappschuß! Wenn es sagt, ja, der mit dem Lockenkopf könnte es gewesen sein, präsentiere ich das Foto der Polizei. Die kann vielleicht das Kennzeichen identifizieren! Außerdem will ich versuchen, daß unsere Zeitung das Foto veröffentlicht. Vermutlich wird irgend jemand von unseren Lesern die Burschen erkennen.«

»Das wäre tatsächlich eine Chance«, meint Onkel Henri.

»Wo wohnt denn das Mädchen?«

»In Pfalzgrafenweiler. Mit dem Auto ist das nur ein Katzensprung. Wollen wir hinfahren?«

»Dürfen wir mit?« fragt Tina lebhaft. Die Sache könnte spannend werden.

»Gut, trinkt aus! Wir wollen keine Zeit verlieren.«

Beim Aufstehen pufft Paolo seiner Freundin in die Seite. »Na, war das nicht mal wieder Spitze von mir?«

»Was?«

»Mein Foto natürlich.«

»Kunststück«, erwidert Tina patzig. »Mit meinem Apparat!«

»Mensch, wie kann man sich darüber nur so aufregen?«

»Blödmann!« ruft Tina und, streckt ihm, noch immer sauer, die Zunge raus.

»Steck dir deinen Apparat doch an den Hut!«

Da dreht sich Onkel Henri zu ihnen um und sagt mit gelassenem Schmunzeln: »Ihr habt ganz recht: Nur keinen Streit auslassen! Sonst wäre es vor Langeweile ja wohl kaum auszuhalten!«

13

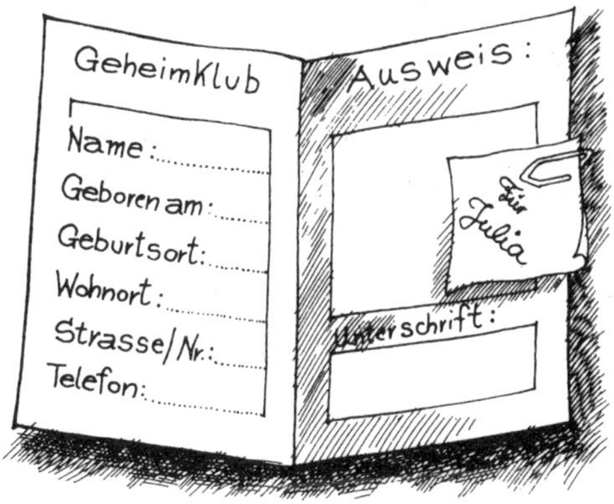

»Nun reiß dich endlich zusammen!« fährt Herr Wehrle seine Frau an. »Die Handtasche ist futsch! Die siehst du nicht mehr wieder!«

Er setzt sich aufs Sofa und schlägt die Zeitung auf. »Schade um den Inhalt! Na, es gibt Schlimmeres auf der Welt.«

Ja, Leukämie zum Beispiel, denkt Frau Wehrle. Sie preßt das Taschentuch gegen den Mund, um nicht wieder aufzuschluchzen. Erich hat recht. Die Papiere lassen sich wieder beschaffen, und über den Verlust der zweihundert

Mark, auch wenn ich mich darüber schwarz ärgere, werden wir hinwegkommen. Hauptsache, Julia muß nicht mit einem Rückschlag dafür büßen, daß wir mit ihr nach Freudenstadt gefahren sind.

Sie hat noch immer Julias Worte im Ohr, die sie vorhin gesprochen hat, nachdem sie, blaß und schwach, endlich wieder in ihrem Bett lag. »Mutti, wenn ich wieder gesund bin, will ich kein Taschengeld mehr haben. Das verspreche ich dir. Und zwar so lange nicht, bis dein ganzes Geld ersetzt ist.«

Als Frau Wehrle ihrem Mann diese rührende Absicht erzählt, bimmelt die Hausglocke. Erich Wehrle geht öffnen. Vor ihm stehen zwei Männer. Der Ältere hat Wanderzeug an, auf seinem Rücken hängt ein breitkrempiger Hut. Vor dem Gartentor, wo ein Auto parkt, warten drei Kinder in Julias Alter.

Der Jüngere ergreift das Wort. »Mein Name ist Lothar Mühlhaupt, ich bin in der Lokalredaktion der ›Schwarzwald-Zeitung‹.«

»Und was wollen Sie?«

»Ich habe mich vorhin mit Herrn Maßberger...«

»Das bin ich – grüß Gott!« sagt Onkel Henri.

»... auf dem Stadtfest darüber unterhalten, daß man Ihre Frau bestohlen hat. Zufällig ist ein Foto gemacht worden, das möglicherweise den Dieb zeigt.«

»Das ist ja interessant.«

Neugierig erscheint Frau Wehrle in der Haustür. Sie hat mitgehört, die Stimme kommt ihr bekannt vor. Sie erkennt Lothar Mühlhaupt gleich wieder. »Ach, Sie sind das! Der Reporter! Bitte, kommen Sie doch herein.«

Sie gehen ins Wohnzimmer. Julias Eltern sehen sich den Abzug an und erfahren, wie das Bild entstanden ist. Während Lotte Wehrle wieder zu hoffen beginnt, doch noch ihre Handtasche zurückzubekommen, sagt ihr Mann skeptisch: »Ich weiß beim besten Willen nicht, wie uns dieses Foto weiterhelfen könnte.«

»Falls Ihre Tochter den Lockenkopf wiedererkennt, würde ich damit zur Polizei gehen. Das könnte vielleicht schon zum Erfolg führen. Möglicherweise bringt unsere Zeitung auch einen kurzen Artikel, selbstverständlich in Verbindung mit dem Foto. Dann besteht die Chance, daß ein Leser die beiden erkennt.«

Herr Wehrle schweigt nachdenklich. Seine Frau wartet darauf, daß er eine Entscheidung trifft.

»Na schön, zeigt Julia das Foto!«

»Ich schau' mal nach, ob sie wach ist!«

»Darf ich mitkommen?« fragt Lothar schnell, von seiner berufsbedingten Neugier getrieben. Höflich hält er Frau Wehrle die Tür auf. Auf der Treppe sagt er zu ihr: »Es ist durchaus möglich, daß wir Ihnen ein kleines Anerkennungshonorar anweisen können. Das wäre zumindest ein kleiner Ausgleich für das Geld, das man Ihnen gestohlen hat.«

Verwundert starrt Julia auf den jungen Mann, der hinter ihrer Mutter ihr Zimmer betritt. Plötzlich erkennt sie ihn wieder. Schon zweimal hat sie ihn gesehen – nach ihrem heimlichen Besuch von Omis Grab und heute nachmittag auf dem Stadtfest.

Ihre Mutter gibt ihr das Foto, während Lothar erklärt und dann fragt: »Ist einer von den beiden der Mann, der dich nach einem Platz gefragt hat?«

Julia versucht sich zu erinnern. Das Gesicht des jungen Mannes sagt ihr nichts, aber dem wuscheligen Lockenkopf und der schwarzen Lederjacke nach könnte es der auf dem Schnappschuß gewesen sein.

»Danke, das wär's«, erwidert Lothar zufrieden und schaut sich neugierig um. Das tut er überall, wo er hinkommt, um zu testen, ob er sich in Sekundenschnelle viele Dinge merken kann. Allerdings unauffälligere als zum Beispiel den Käfig mit dem unruhig hin- und herhüpfenden Wellensittich oder die zahlreichen Sporturkunden, die gerahmt an der Wand hängen.

»Mutti, wer hat das Foto gemacht?« fragt Julia leise.

Lothar Mühlhaupt nimmt ihr die Antwort ab. »Ein Junge in deinem Alter, er gehört übrigens zu einer Spaghettibande.«

Julia denkt kurz nach. »Wie heißt er?«

»Sein Name ist mir entfallen. Ich weiß nur, daß sein Vater Italiener ist und in Essen eine Gaststätte hat.«

»Heißt der Vater Toni Siriani?«

»Wie kommst du auf diesen Namen?« fragt Lothar verblüfft. Phantasiert das Mädchen? Überrascht sieht er Frau Wehrle an.

»Das steht alles hier drin«, sagt Julia, greift in

das Regal hinter sich und reicht ihm ein Buch mit dem Titel »Die Spaghettibande«. »Das habe ich schon viermal gelesen. Und gekocht habe ich auch schon danach. Weißt du noch, Mutti?«

»Ja, deine Spaghetti haben großartig geschmeckt«, sagt Frau Wehrle und erinnert sich daran, wie die Küche hinterher ausgesehen hat. Während der Reporter das Buch durchblättert und dabei wiederholt auf den Namen Paolo stößt, legt sie ihre Hand auf Julias Stirn. Gott sei Dank, keine erhöhte Temperatur.

Das ist ja hochinteressant, denkt Lothar Mühlhaupt und klappt das Buch wieder zu. Das ist ja eine tolle Story! Die drei Kinder, die auf der Straße warten, scheinen ja wirklich kleine Berühmtheiten zu sein. Und das Erstaunliche: Dieses kranke Mädchen, das womöglich nicht einmal weiß, wo die Stadt Essen genau liegt, kennt die Spaghettibande, als ob's alte Freunde wären.

»Dieser Paolo steht übrigens unten.«

»Vor unserem Haus?« fragt Julia aufgeregt.

»Ja, auch die beiden anderen Kinder. Sie machen mit ihrem Onkel gerade eine Wanderung quer durch den Schwarzwald.«

Julia richtet einen flehenden Blick auf ihre Mutter. »Bitte, Mutti, hol sie herauf! Ich möchte sie so gern kennenlernen.«

»Aber Kind, strengt dich das nicht zu sehr an?«

»Ganz bestimmt nicht, bitte!«

»Gut, aber nur ganz kurz! Herr Mühlhaupt, kommen Sie!« Ein letzter Blick zu Julia. »Bis gleich, mein Schatz.«

Als Herr Wehrle hört, daß Julia die drei fremden Kinder sehen möchte, zieht er die Stirn kraus und gibt zu bedenken, daß der Arzt vor jeder Aufregung gewarnt habe. Aber dann läßt er sich erweichen und gestattet, daß Onkel Henri die drei hereinholt. Dem Reporter entgeht nichts: kein Wort, kein Blick, keine Bewegung. Jede Einzelheit könnte für einen eventuellen Artikel über dieses ungewöhnliche Zusammentreffen von Bedeutung sein.

Frau Wehrle führt die Kinder nach oben. Ihr Herz krampft sich bei dem Gedanken zusammen, daß ihre Julia gegen eine furchtbare, vielleicht nicht zu besiegende Krankheit ankämpfen muß, während diese drei gleichaltrigen Besucher putzmunter sind.

Julia hat sich ein zweites Kissen in den Rücken geschoben und schaut ungeduldig zur Tür. Da kommen die drei herein, und sie wundert sich, wie sehr jeder ihrer Vorstellung entspricht: Bettina ist blond und etwas größer als der schwarzhaarige Paolo mit den auffallend großen, dunklen Augen. Und Marek, dessen weißblondes Haar wild durcheinanderliegt, hat tatsächlich so viele Sommersprossen, daß man sie nicht zählen kann.

Frau Wehrle schiebt den Kindern zwei Stühle und ein dickes, buntes Lederkissen zu. »Setzt euch!« Nachdem sie sieht, daß die Kinder schnell ihre Scheu überwinden und mit Julia die ersten Worte wechseln, zieht sie sich zurück.

»Schön, daß ihr da seid!« flüstert Julia matt.

»Bist du schon lange krank?« fragt Tina. Das Mädchen erinnert sie an Andrea, die in ihrer Straße wohnt und auch so blaß ist und so spindeldürre Ärmchen hat.

Julia nickt. Betretenes Schweigen breitet sich aus. Lediglich Bubi zwitschert aufgeregt und buhlt um Beachtung. Paolo steckt seinen Finger in den Käfig. Sogleich zieht sich der Wellensittich zurück und gibt Ruhe.

»Der sieht so ähnlich aus wie Hansi«, sagt Paolo zu Marek, der am liebsten wieder gehen würde. Er fühlt sich in dem kleinen, fremden Zimmer mit dem kranken Mädchen im Bett nicht wohl.

Da horcht er auf. Julia hat den Namen »Opa Masolle« fallen lassen. Er begreift nicht, woher sie ihn kennt.

»Als Opa Masolle im Krankenhaus lag, habt ihr doch seinen Wellensittich betreut«, erzählt Julia zu aller Erstaunen und fügt eine überraschende Frage hinzu: »Macht Ali eure Ferienwanderung nicht mit?«

Verlegen lachend blicken sich die Jungs an. Auch Tina kann sich nicht erklären, woher dieses Mädchen das alles weiß.

»Was ist los? Warum guckt ihr so komisch? Habt ihr euch mit Ali verkracht? Der gehört doch auch zur Spaghettibande.«

»Du bist ja bestens informiert! Woher weißt du das alles?«

»Aus diesen Büchern. Die hat mir mein Onkel Hubert geschenkt. Der ist übrigens Förster und hatte auch mal so einen Dackel wie du«, sagt Julia zu Tina.

»Wo wohnt dein Onkel?« erkundigt sich Marek. Seit er kürzlich im Fernsehen einen Film über einen Förster gesehen hat, schlägt sein Herz für diesen tollen Beruf. Der Förster war beneidenswert: Alle möglichen Tiere lebten bei ihm, kranke Waldtiere pflegte er gesund, bis sie wieder allein lebensfähig waren. Unter anderem zeigte man in dem Film auch einen jungen Uhu, der in die Falle von Wilddieben geraten war, zwei Wildschweine, ein Rehkitz und einen Storch mit verletztem Flügel, der nicht mehr fliegen konnte. Und das Schönste war: Sobald sich der Förster vor seinem Haus blicken ließ, flog ein zahmer Rabe von einem Baum herbei, setzte sich auf seine Schulter und ließ sich sogar im Jeep mitnehmen.

»Mein Onkel wohnt ganz in der Nähe, in Kälberbronn.« Glücklich blickt Julia von einem zum anderen. Einfach toll, daß die Spaghettibande an ihrem Bett sitzt, und sie sich unterhalten.

»Hat dein Onkel auch Tiere im Haus?«

Julia nickt. »Meine Tante nennt ihr Haus immer ›Unser Tiersanatorium‹. Bei ihr kann man übrigens auch wohnen. Meine Tante vermietet Zimmer.«

Mareks Augen leuchten auf. »Übernachten im Tiersanatorium muß super sein!«

»Unsere ganze Klasse ist schon dagewesen, tagsüber natürlich. Wir haben danach einen Aufsatz darüber schreiben müssen.«

»Aufsätze habe ich dick!« sagt Paolo naserümpfend.

»Ich schreib' gern Aufsätze. Meistens kriege ich eine Eins oder Zwei.« Julia greift hinter sich und zeigt ihnen das Tagebuch. »Das ist noch ziemlich neu. Da schreibe ich jetzt fast jeden Tag etwas rein.«

»Was denn?«

»Was ich so denke, wer mich besucht oder wer mir geschrieben hat.« Sie überlegt. »Ja, und was ich mir wünsche und welches Buch mir gefällt. Und wann Dr. Luther da war, und was er gesagt hat. Heute kommt ihr rein – die Spaghettibande.«

Da sind Schritte auf der Treppe zu hören. Frau Wehrle und Onkel Henri betreten das Zimmer, gefolgt von dem jungen Reporter. Aufgeregt meldet sich der Wellensittich zu Wort. Marek versucht ihn zu beruhigen.

»Jetzt lerne ich dich ja auch endlich kennen«,

sagt Onkel Henri zu Julia und gibt ihr die Hand. »Wir wären uns ja fast schon auf dem Stadtfest begegnet.« Er hat von ihrer Mutter erfahren, wie krank sie ist. Betroffen von der Schwäche, die dem Mädchen deutlich anzumerken ist, gibt er den Kindern und Frau Wehrle zu verstehen, daß es besser ist, zu gehen.

»Leider müssen wir jetzt aufbrechen. Wir haben nämlich noch kein Quartier für die Nacht.«

»Onkel Henri, wir könnten bei Julias Onkel wohnen – ganz in der Nähe«, schlägt Marek vor.

»Das ist ein Förster!« ergänzt Paolo. Tina nickt zustimmend. »Der hat ganz viele Tiere.«

»Das Quartier kann ich Ihnen sehr empfehlen«, sagt Frau Wehrle, die sich immer freut, wenn sie ihrer Schwägerin Gäste besorgen kann.

»Aber Kinder, wir wollen doch zelten!«

»Das können Sie dort auch. Das Forsthaus hat einen wunderschönen Garten, direkt am Wald. Dort stehen übrigens die größten Tannen Deutschlands.«

»Na gut, aber die Frage ist: Wie kommen wir jetzt dahin?«

»Ganz einfach: Ich bringe Sie hin!« wirft Lothar Mühlhaupt ein und läßt sich den Weg erklären.

Marek zupft Onkel Henri am Arm. »Aber vorher müssen wir unser Gepäck abholen!«

»Ganz recht, du Schlaumeier! Wir können uns ja nicht auf die nackte Erde legen, ohne alles.«

Dann wendet er sich Julia zu. Ihr Schicksal berührt ihn stark. »Gute Besserung! Und jetzt wollen wir alle fest die Daumen drücken, damit der Dieb gefaßt wird.«

Julia nickt zustimmend. Die Jungs stehen plötzlich vor ihrem Bett und sagen ebenfalls adieu. »Komm uns mal besuchen, wenn du wieder gesund bist«, schlägt Paolo vor. »Mein Papa kocht dir dann bestimmt auch deine Lieblingsspaghetti!«

»Au ja, das wär' schön! Grüß ihn von mir!«

In der Tür drehen sich Paolo und Marek noch einmal um und winken, leicht verlegen.

Julia hält Tinas Hand lange fest. »Kommst du morgen wieder?«

»Ich glaube, das geht nicht, weil wir weiterwandern.«

»Schade. Schreibst du mir wenigstens mal?«

»Ja, das mach' ich.«

»Ab jetzt bist du meine Freundin. Ist dir das recht?«

Gerührt gibt Tina ihr wieder die Hand. »Ja, natürlich.«

Dann steht sie auf. Sie weiß nicht, was sie noch sagen soll. Julia tut ihr sehr leid.

»Vergißt du auch nicht, mir zu schreiben?«

»Versprochen ist versprochen.«

»Ich antworte dir dann auch – wenn ich dazu nicht zu schwach bin.« Sie lächelt tapfer. »Und wenn du Ali siehst – sag ihm, daß ich ganz toll finde, wie er mit dem Diamantenschmuggler, mit Herrn Holbein, fertiggeworden ist.«

»Das richte ich ihm aus. Tschau, Julia! Alles Gute!«

»Danke, daß ihr da wart! Auf Wiedersehen, Tina!«

14

»Warum wollt ihr denn im Zelt schlafen?« fragt der Förster Hubert Reich, nachdem er den Kindern und Onkel Henri sein schmuckes Schwarzwaldhaus und den weitläufigen Garten gezeigt hat. Der Blick geht auf die malerisch gelegene Ortschaft Kälberbronn bis hin zum Weiler Wald, durch den sich der Wanderweg in Richtung Süden zieht.

Von der mit einem Hirschgeweih geschmückten Holzveranda ruft Frau Reich herunter: »Die Zimmer sind gerichtet! Sie können kommen!«

Verstohlen blickt Tina zu ihren abwartend dastehenden Freunden. Sie machen keine Anstalten, ihr Zeltgepäck aufzuschnüren. Im Forsthaus zu übernachten wäre ihr viel lieber – wegen der vielen Käfer, Ameisen und Spinnen, die ihr bei der Besichtigung des Anwesens auf dem moosigen Boden und zwischen den Bäumen und Büschen aufgefallen sind.

»Unsere Zimmer sind zwar nicht groß, aber gemütlich«, erklärt der Förster freundlich. »Nur dürft ihr euch nicht von unserem alten Siebenschläfer stören lassen, der seit ein paar Jährchen bei uns logiert!«

Erschrocken fragt Tina: »Ist das ein Tier?«

»Ja, ein Nagetier, etwa so groß wie ein Eichhörnchen, mit einem dicken, buschigen Schwanz. Aber man kriegt es nur selten zu Gesicht. Es geistert im Dachstuhl und in der Holzverschalung zwischen den Wänden herum.«

»Also gut, Wanderfreunde! Nehmt euer Gepäck – wir übernachten heute ausnahmsweise feudal in einem Haus!« entscheidet Onkel Henri zur Freude der Kinder. Er kennt seine Pappenheimer. Natürlich muß es sie reizen, die Nacht in dem verwinkelt gebauten, uralten Holzhaus zu verbringen, wo jede Stufe knarrt und die Fußböden unter jedem Schritt ächzen und stöhnen. Im Treppenhaus und über den Türen hängen Dutzende von Geweihen und andere Jagdtrophäen. Hinter Glas stehen in einem Schrank Gewehre. Auf einem Ast hockt eine ausgestopfte Eule, auf einem anderen ein Bussard.

Paolo und Marek finden ihr Erkerzimmer super. Die Betten stehen hinter einem mit Jagdmotiven bemalten Paravent. Zahlreiche Kupferstiche mit Jagdszenen aus früheren Jahrhunderten schmücken die Wände. Auf der Kommode liegen ein paar alte, ledergebundene Bücher. Im Stockwerk darüber beginnt Tina sich auszumalen, wie gräßlich die Nacht werden wird. Das schmale Zimmer mit seinen schrägen Wänden kommt ihr vor wie das Verlies in einem Hexenhaus. Alles ist so schrecklich dunkel: das Holz der Wände, das altmodische Bett, die Truhe mit der Waschschüssel darauf, die Vorhänge an dem winzigen Fenster, vor dem sich ein mächtiger Baum erhebt. Beruhigend ist lediglich, daß sich Onkel Henris Zimmer schräg gegenüber befindet.

Während Tina im Rucksack nach ihren Tennisschuhen sucht, steckt Paolo grinsend den Kopf zur Tür herein. »Willst du mal was Schönes sehen?« Er lockt mit dem Finger und verschwindet gleich wieder. Neugierig geht Tina hinunter. Beim Betreten des Erkerzimmers stößt sie vor Entsetzen einen Schrei aus. Vor ihr baumelt, von Marek am Schwanz gehalten, eine Maus. Tina will weglaufen, aber Paolo verstellt ihr den Weg.

»Du Angsthase! Die ist doch tot.«

Zögernd wirft sie einen Blick auf das graue Tierchen. »Wo habt ihr die denn gefunden?«

»In der Ecke, neben der Heizung.«

Schreck, laß nach, denkt Tina. Mäuse im Haus! Wer weiß, was wir hier noch alles erleben. Ängstlich geht sie in ihr Zimmer zurück, schaut unter das Bett, den Schrank, in jede Ecke. Erst als sie feststellt, daß dort nichts herumliegt, ist sie halbwegs beruhigt.

Mit Onkel Henris Einverständnis machen die Kinder einen Rundgang durch den Ort. Die Bauern kehren auf ihren Traktoren von den Feldern heim. In den offenen Ställen hört man Kühe muhen und Pferde wiehern. Katzen schleichen durch die Wiesen, und über dem nahen Wald dunkelt allmählich der Himmel.

Vor dem Hotel-Gasthof »Schwanen« sitzt ein prachtvoll schwarz-weiß- und braungezeichneter Schweizer Sennhund. Zu Tinas großer Freude läßt er sich streicheln. Er ist ein richtiges Kuscheltier. Am liebsten würde sie ihn mit ins Forsthaus nehmen. Wer weiß, was in der Nacht passiert, wenn der geheimnisvolle Siebenschläfer im Gebälk herumspukt!

Nach einem gemütlichen, lange dauernden Abendessen, bei dem der Förster Jagderlebnisse zum besten gibt, gehen die Kinder schlafen. Voller Furcht legt sich Tina halb angezogen ins Bett. Noch im Einschlafen hat sie den Eindruck, daß es überall knarrt, wispert und raschelt. Rumort etwa das geheimnisvolle Nagetier mit dem buschigen Schwanz schon herum? Oder geistert ein Gespenst durchs Haus?

In der Nacht wird sie plötzlich wach. Wie spät ist es? Wird es bald hell? Ach nein, da ist ja noch immer der Mond. Aber hat's da nicht eben gepocht, geklopft? Was sind das für Geräusche? Woher kommen sie? Aus dem Treppenhaus? Oder aus dem Garten? Ängstlich starrt sie zu dem angelehnten Fenster, in das gräßlich bleiche Mondlicht. Da – schon wieder! Deutlich ist das Tapp-tapp-tapp zu hören! War das vor ihrer Tür? Oder scharrt und nagt der Siebenschläfer hinter der Wand? Zitternd vor Angst zieht sich Tina die Decke übers Gesicht.

»Allmählich wird's Zeit, daß ich schlafen gehe«, sagt zur gleichen Zeit Onkel Henri zu dem Förster, mit dem er in der guten Stube bei einer Flasche Württemberger Rotwein zusammensitzt. Er hat von seiner Artistenzeit erzählt, sie haben über die Rowdys gesprochen, die vermutlich Frau Wehrles Handtasche gestohlen haben. Dann war lange die Rede von Julia, der bedauernswerten Nichte des Försterpaares. Traurig, daß man dem armen, tapferen Mädchen nicht helfen kann, sondern auf ein Wunder hoffen muß.

Da macht es wieder, wie schon vor ein paar Minuten, tapp, tapp, tapp über ihnen. Als Onkel Henri aufstehen will, sagt die Frau Reich, verständnisvoll schmunzelnd: »Ach, lassen Sie den Kindern doch ihren Spaß! Unser altes Haus verführt ja geradezu zum Herumgeistern!«

»Na, ich will doch mal lieber nach dem Rechten sehen«, erwidert Onkel Henri und tritt in den Gang hinaus. Deutlich hört er die Jungs in ihr Zimmer zurücklaufen. Er geht hinauf zu ihnen und wirft einen Blick über den Paravent. Paolo und Marek, vom fahlen Mondlicht beschienen, scheinen friedlich zu schlafen.

»Ich dachte schon, hier spukt's«, sagt Onkel Henri wie im Selbstgespräch, aber laut genug, daß es beide hören können. Sie sind dem Kichern nah, geben aber keinen Mucks von sich. Beruhigt geht Onkel Henri wieder nach unten.

Nach wenigen Minuten springen die Jungs wieder aus den Betten. Rasch ziehen sie die weißen Tücher, die sie vorhin in einem Schrank gefunden haben, unter der Decke hervor und werfen sie sich erneut über. Auf nackten Füßen schleichen sie die Treppe hinauf. Bei jedem Schritt knarrt das Holz.

Angestrengt lauschend bleiben sie eine Weile vor Tinas Tür stehen. Stille. Nur das monotone Ticken der Standuhr ist zu hören.

Vorsichtig – Zentimeter um Zentimeter – drückt Paolo die Klinke nieder. Nach ein paar Sekunden stößt er die Tür auf und stürmt mit Marek laut und schaurig »Huuuh! Huuuh! Huuuh!« rufend ins Zimmer.

Ehe sich Tina versieht, ziehen sie ihr die

Decke vom Kopf und begraben sie unter den weißen Tüchern. Schreiend gelingt es ihr, sich zu befreien. Sie springt aus dem Bett und schlägt wild um sich. Mit einem Triumphgeheul flüchten die Jungs und knallen die Tür hinter sich zu. Lachend reißen sie sich die Tücher herunter und stürzen überhastet die Treppe hinab.

Da – unmittelbar vor dem Erkerzimmer – bleiben sie erschrocken stehen. Im Halbdunkel erhebt sich eine mächtige, unter einer Wolldecke verborgene Gestalt, die Arme weit von sich gestreckt, und eine schaurig klingende Stimme ruft: »Wer wagt es, um Mitternacht durch mein Revier zu geistern?«

O Schreck! Onkel Henri! Er hat uns erwischt!

Sie ducken sich, um ihm zu entkommen, laufen in ihr Zimmer und springen mit einem Satz in die Betten.

Da tönt es, tief wie ein Baß, von der Tür her: »Und jetzt erwartet der Obergeist absolute Ruhe! Verstanden?«

»Ja!« erwidern beide und lachen befreit auf.

»Sonst schlägt's dreizehn!« droht Onkel Henri mit normaler Stimme und geht schmunzelnd zu den Försterleuten zurück.

Im Morgendämmern erwacht Marek aus traumlosem Schlaf. Zunächst weiß er nicht, wo er sich befindet. Dann hört er aus dem Bett hinter sich Paolos ruhige Atemzüge. Plötzlich vernimmt er draußen im Garten ein seltsames Geräusch. Es knackt verdächtig, so als ob sich jemand ans Haus heranschleicht.

Da – schon wieder. Diesmal noch näher!

Leise steht Marek auf und blickt vorsichtig aus dem Fenster. In fahlem Licht, von Tau überzogen, liegt der Garten da. Nichts Verdächtiges, nichts Ungewöhnliches ist zu sehen. Enttäuscht, doch zugleich auch beruhigt, will Marek wieder ins Bett gehen – da fährt er erschrokken zusammen: Zwischen dem Schuppen und dem Holzstapel schiebt sich ganz langsam etwas hervor. Was ist das? Es sieht geheimnisvoll, gespenstisch aus. Wird größer, immer größer. Da erkennt er, daß es sich um ein Geweih handelt. Kurz darauf ist der ganze Hirsch zu sehen. Ein kapitales Tier, das sich äußerst scheu, wie es scheint, dem Forsthaus nähert.

Aufgeregt rüttelt Marek seinen Freund wach. »Schnell! Schnell! Ein Riesenhirsch ist in den Garten eingedrungen!«

Verschlafen reibt sich Paolo die Augen und murrt undeutlich vor sich hin. Endlich begreift er, schwingt sich aus dem Bett und läuft zu Marek ans Fenster. Der Hirsch scheint Gefahr zu wittern. Aufmerksam wendet er seinen Kopf.

»Den muß Tina sehen, sonst glaubt sie uns das nicht!« flüstert Paolo. »Aber leise! Sonst wird der Obergeist wach!« Auf Zehenspitzen schleichen sie nach oben und reißen Tina aus dem Schlaf. Nachdem sie sich von dem zweiten nächtlichen Schreck erholt hat, eilt sie ans Fenster. Staunend hält sie die Luft an. So unmittelbar haben sie alle noch nie ein so großes, freilebendes Tier vor sich gehabt. »Mach schnell ein Foto«, flüstert Marek. Tina holt ihren Apparat, beugt sich vorsichtig aus dem Fenster, und – klick – schon kommt ein Abzug zum Vorschein.

Als die Kinder zum Frühstück erscheinen, und Tina voller Stolz den Schnappschuß herumzeigt, lächelt der Förster schelmisch. »Ach, den habe ich euch ja gestern abend gar nicht gezeigt! Das ist doch unser lieber Oskar! Der lebt schon seit seiner Kindheit bei uns!«

Onkel Henri verschluckt sich vor Lachen. »Ihr seid mir vielleicht die richtigen Großwildjäger!«

»Ist der Hirsch zahm?« fragt Paolo den Förster.

»Der frißt aus der Hand. Oskar ist die Gutmütigkeit in Person! Der läßt sogar unsere Katzen und Hunde bei sich im Holzverschlag schlafen!«

»Und wir haben uns vorhin nicht aus dem Haus getraut!« gibt Marek unter allgemeinem Gelächter zu.

Beim Packen der Rucksäcke kommt Frau Reich herein und sagt zu Onkel Henri: »Meine Schwägerin hat angerufen und sich erkundigt, ob Sie mit dem Quartier zufrieden waren.«

»Uns hat's hier großartig gefallen! Sie hat uns einen fabelhaften Tip gegeben!«

Paolo ergänzt vergnügt: »Nur hätte uns beinahe heute nacht der Obergeist erwischt!«

»Paßt nur auf, daß er euch Schlingel demnächst nicht in eurem Zelt heimsucht!«

Tina lacht ihrem Onkel zu. »Dabei helfe ich dir!«

Die einzige, die ein trauriges Gesicht macht, ist die Förstersfrau. »Leider geht's der armen Julia wieder sehr schlecht. Sie hatte heute früh über 39 Fieber! Meine Schwägerin befürchtet, sie müßte wohl wieder ins Krankenhaus.«

Betrübt schüttelt Onkel Henri den Kopf. »Das ist ja eine schlimme Nachricht. Das tut mir sehr leid.«

Während die Jungs ratlos schweigen, überlegt Tina, womit sie Julia eine Freude machen könnte. Leise fragt sie: »Onkel Henri, können wir nicht noch mal bei ihr vorbeigehen?«

»Davon würde ich abraten!« sagt Frau Reich entschieden.

»Da gebe ich Ihnen recht«, pflichtet ihr Onkel Henri bei. »Sagen Sie bitte Ihrer Schwägerin, wir würden sie von unterwegs mal anrufen und uns nach Julia erkundigen. Und grüßen Sie das Mädchen vielmals von uns allen!«

Schweigsam tragen sie ihre Rucksäcke und die Zelttaschen nach unten, in die Morgensonne. Der Förster steht, sich die Pfeife stopfend, auf der Terrasse. Er deutet auf den geschnitzten Wegweiser, der in alle Himmelsrichtungen Wanderwege anzeigt, und erklärt Onkel Henri, welchen sie einschlagen sollen.

Wenige Schritte vor dem Gartentor bemerkt Tina einen blaugelbgezeichneten Schmetterling. Er gaukelt über die liebevoll angelegten Blumenbeete und läßt sich auf einem Stiefmütterchen nieder. Beeindruckt von seiner schönen Zeichnung kniet sie sich hin und entdeckt im Gras ein vierblätteriges Kleeblatt.

Vorsichtig pflückt sie es und gibt es, ohne daß es die anderen sehen, der Förstersfrau. »Das ist für Julia! Damit sie wieder gesund wird! Es soll ihr Glück bringen!«

»Das ist aber sehr lieb von dir«, erwidert Frau Reich gerührt. In ihren Augen schimmert es feucht.

»Und bestellen Sie ihr bitte, daß ich bestimmt bald schreiben werde.«

»Schönen Gruß und gute Besserung!« sagt Paolo beim Abschiednehmen. »Vielleicht kann uns Julia bald mal in Essen besuchen! Dann sieht sie, wo die Spaghettibande lebt!«

»Diese Reise wollen wir ihr alle wünschen.« Sie winken sich noch so lange zu, bis ihnen die ersten Tannen die Sicht nehmen.

15

Ungeduldig steckt Tina zum dritten Mal Geld in den Münzfernsprecher und wählt nach 0201 bedächtig den Anschluß ihrer Eltern. Endlich ertönt das Freizeichen. Ihre Mutter meldet sich.

»Mama, ich bin's! Ich wollte mich mal melden!«

»Wo steckst du? Wie geht's dir? Ist alles in Ordnung?«

»Alles bestens, Mama. Ich bin in einer Telefonzelle in einem ganz kleinen Dorf bei Friedenweiler – mitten im Schwarzwald.«

»Ich hab' schon zu Papa gesagt: Es ist ein gutes Zeichen, wenn sie nicht anruft, aber jetzt bin ich natürlich beruhigt. Habt ihr schon viel Schönes erlebt?«

»Dauernd! Jeden Tag! Stell dir vor: Vorgestern ist Paolo beim Angeln in einen Bach gefallen – er war pudelnaß! Marek hat einen Sonnenbrand, und mich hätte beinah eine Wespe gestochen!«

»Na, sei immer schön vorsichtig!«

»Gestern haben wir in Furtwangen das Uhrenmuseum besichtigt, das war ganz toll! Und weißt du, was wir in der Nähe von St. Georgen gemacht haben? Da gibt es das größte Naturschwimmbad des Landes! Da haben wir eine Wasserschlacht veranstaltet! Mama, das Freibad ist fast so groß wie der See in Schleswig-Holstein, wo wir mit Oma Lüneburg waren! Wir haben euch von dem See eine Ansichtskarte geschickt!«

»Danke, sehr lieb! Wie gefällt dir das Zelten?«

»Erst war es sauhart, jetzt hab' ich mich dran gewöhnt. Zweimal hat es nachts ein irres Gewitter gegeben. Aber durch das Zelt ist nichts durchgegangen! Das ist absolut wasserdicht. Gott sei Dank!«

»Paß nur auf, daß du dich nicht erkältest!«

»Tu' ich, Mama.«

»Hast du dir schon eine Blase gelaufen? Du bist doch das viele Wandern gar nicht gewöhnt!«

»Nur eine kleine an der Ferse, aber Onkel Henri hat ja eine richtige Apotheke dabei. Wir haben ihn ›Dr. Graubart‹ getauft.«

»Und wo ist der liebe Onkel Doktor jetzt?«

»Er kauft gerade im Dorf ein! Heute abend wollen wir grillen, und hinterher gibt's Eis!«

»Ihr lebt ja nicht schlecht.«

»Nächste Woche, wenn wir zurück sind, erzähle ich euch alles und bring' auch tolle Fotos mit!«

»Darauf freue ich mich schon! Habt ihr heute schon euer Tagespensum geschafft?«

»Ja, wir haben bei einem netten Bauern einen tollen Zeltplatz gefunden!« Plötzlich sieht Tina das Warnlicht aufleuchten. »Mama, ich muß jetzt Schluß machen! Gleich schnappt es ab! Ich hab' kein Geld mehr! Grüß Papa!«

»Und du Onkel Henri und Pao...« Mitten im Wort reißt die Verbindung ab. Na, halb so schlimm. Mama weiß jetzt, daß es uns gut geht, denkt Tina.

Der Zeltplatz befindet sich oberhalb eines einsam gelegenen Schwarzwaldhauses, unter dessen tief herabgezogenem Schieferdach alles vereint ist: Stuben, Ställe, Scheunen sowie die Abstellplätze für die Fahrzeuge und Geräte. Dort haben sie vorhin frische Milch geholt, und die Bäuerin hat ihnen sogar vier Stück Streuselkuchen und selbstgebackenes Brot mitgegeben.

Marek hockt im Schneidersitz im Gras und bearbeitet mit seinem Messer ein Stück Holz. Als Tina näher kommt, steht er auf und steckt das Taschenmesser ein.

»Du warst aber lange weg!«

»Ist doch weit bis zum Dorf.«

»Paßt du jetzt auf die Sachen auf? Ich will mal nachsehen, wo Paolo bleibt?«

»Wo ist der denn hingegangen?«

»In den Wald. Er sucht Hölzer zum Schnitzen.« Marek wirft sein halbfertiges Holz ins Zelt und marschiert auf den Wald zu. Da taucht Paolo hinter einem Gebüsch auf und gibt ihm zu verstehen, daß er sich beeilen soll.

»Ich hab' eine tolle Höhle entdeckt!«

»Bist du drin gewesen?«

»Allein trau' ich mich nicht!«

»Komm, wir gehen hin!«

Sie stapfen quer durch den Wald, ducken sich durchs niedrige Gehölz, weichen Spinnweben aus, stolpern über knorrige Äste und hören Vögel zeternd davonfliegen.

Unvermittelt gähnt vor ihnen ein schwarzes, von herunterhängenden Ästen halbverdecktes Loch. Die Öffnung ist so groß, daß man aufrecht hineingehen kann.

»Schade, daß wir keine Taschenlampe dabei haben!« sagte Paolo. Er tastet sich an der felsigen Wand voran. Seine Stimme hallt mit einem unheimlichen Echo wider.

»Wie tief geht's hinein?« fragt Marek leicht beklommen. Die Luft riecht modrig. Von der Decke tropft es.

»Huh!« macht Paolo. Und noch einmal: »Huh!« Es hört sich schaurig an wie in einer Gruft. Vorsichtig tastet er sich weiter.

»Ich seh' überhaupt nichts mehr!«

Paolo antwortet nicht. Er stolpert, greift zur Seite, verliert das Gleichgewicht, fällt hin, das lose Gestein gibt nach, gerät ins Rutschen – und nach einem dumpfen Aufschrei hört Marek nur noch – sehr entfernt – Stöhnen und Wimmern.

»Paolo! Was ist passiert?«

»Hilf mir hier raus!«

»Wo steckst du?«

»Ich bin in ein Loch gefallen! Ganz tief!«

»Warte, ich helf' dir!«

»Aber sei vorsichtig! Bleib immer dicht an der Wand, taste dich vor!« ruft Paolo aufstöhnend und kaum hörbar. Schritt für Schritt tastet sich Marek vor. Stellenweise ist der Boden so glitschig, daß man leicht ausrutschen kann. Endlich erreicht er die verhängnisvolle Stelle. Vorsichtig geht er in die Hocke, befühlt den Boden und spürt den Rand des Abgrunds. Er kniet sich hin und streckt tastend, soweit wie möglich, die Hand aus. »Versuch meine Hand zu kriegen! Dann zieh' ich dich hoch! Geht's?«

»Au! Mein Bein!« antwortet Paolo aus der Tiefe.

»Soll ich lieber Onkel Henri holen?«

»Warte! Ich versuch's noch einmal!« Unter Stöhnen hebt er seinen Arm. Plötzlich berühren sich die Hände, halten sich fest, und Marek ruft: »Ich versuch's jetzt! Paß auf!« Unter Aufbietung aller seiner Kräfte gelingt es ihm, Paolo zu sich hinaufzuziehen und von dem Abgrund wegzuzerren. Langsam gehen sie auf das dämmerige Licht an Ende des Ganges zu. Paolo hinkt leicht. Vor der Höhle sinkt er erschöpft zu Boden. Sein Knie blutet, längs der Wade zeigt sich eine rotangelaufene häßliche Schramme.

»Scheißhöhle!« flüstert er. Nach tiefem Atemholen fügt er hinzu: »Einmal und nicht wieder!«

»Das dürfen wir Onkel Henri gar nicht sagen.«

»Aber auch nicht Tina! Die hält nicht dicht!«

Doch am Abend, als sie alle auf ihren Luftmatratzen vor den Zelten sitzen und die wie ein feurigroter Ball untergehende Sonne verfolgen, gesteht Paolo, wo er sich das blutige Knie und die verdreckte Hose geholt hat. Onkel Henri schweigt verdächtig.

Doch da sagt er: »Hoffentlich war euch das eine Lehre! Die meisten Unfälle passieren nämlich durch Leichtsinn und aus purer Abenteuerlust!«

Die Jungs nicken betroffen, aber erleichtert. Tina fröstelt's bei dem Gedanken, daß beide jetzt noch tief in der Höhle liegen könnten, und niemand wüßte wo.

Und dann erzählt Onkel Henri eine Geschichte. Die Kinder lauschen gebannt. »Als wir damals mit dem Zirkus in Freiburg gastierten, ist der Sohn unseres Tierwärters vermutlich in einer Höhle ums Leben gekommen. Ein Bursche von achtzehn Jahren! Ein richtiger Lausebengel. Schon als Kind hat er die verrücktesten Sachen angestellt.«

»Was zum Beispiel?«

»Ach, alles mögliche. Das war ein tragischer Fall. Der Junge hatte die Zirkuskasse bestohlen! Mit dem Geld ist er abgehauen und hat sich wohl in einer Höhle versteckt. Wochenlang hat man ihn gesucht und die ganze Gegend durchforscht. Schließlich hat man in einem Höhlengebiet im südlichen Schwarzwald sein Motorrad gefunden und in einem felsigen Verlies auch seinen Kamm und sein Taschentuch – ihn selbst aber nicht.«

»Ist er nie gefunden worden?«

Onkel Henri hebt die Schultern. »Keine Ahnung, das weiß ich nicht. Jedenfalls hat uns die Polizei damals erklärt, daß es im Schwarzwald noch zahlreiche unerforschte Höhlen gibt, und daß schon so mancher dort spurlos verschwunden ist.«

»Auch heute noch?«

Er nickt. »Die Menschen können zwar zum Mond fliegen und von Satelliten aus jeden Punkt auf der Erde beobachten, aber anscheinend bringen sie es nicht fertig, so banale Dinge wie Höhlengeheimnisse zu enträtseln.«

Dunkelheit hat sich ausgebreitet. Der Wald ist schon nicht mehr zu sehen. Nur unten im Bauernhaus brennt ein Licht. In der Wiese zirpt und summt es. Ein Nachtvogel schreit. Weit in der Ferne, Richtung Elsaß, kaum wahrnehmbar, grollt Donner.

»Herrschaften! Jetzt ab in die Betten!« sagt Onkel Henri. Während die Kinder übermütig die Luftmatratzen in die Zelte schieben, flüstert er vor sich hin: »Die Jungs haben einen Glücksengel gehabt! Und ich ebenfalls.«

Marek, der meistens mit großen Schritten vorangeht, bleibt plötzlich stehen. Woher kommt das klagende, leise »Mäh–mäh«? Er kann unterhalb des Weges, längs eines in einem lauschigen Wiesengrunde kaum erkennbaren Baches, nichts entdecken.

Da ist das klägliche »Mäh–mäh–mäh« wieder

zu hören. Er sucht mit den Augen jeden Meter ab – und plötzlich sieht er das Schäfchen. Es scheint sich verlaufen zu haben. Sofort rennen alle zu ihm hin. Erschreckt weicht es bis an den Bach zurück.

»Kinder, kommt weiter! Wir können es ja schlecht mitnehmen«, sagt Onkel Henri und blickt auf die Wanderkarte. »Gleich kommen wir in ein Dorf. Dort sagen wir jemandem Bescheid.«

Sich immer wieder umschauend, wandern sie weiter. Der Weg führt in einem großen Bogen nach Süden. Vom wolkenlosen Himmel strahlt ihnen die Sonne entgegen. Im Wald steigt der Weg steil an. Ihre Schritte werden langsamer, der Atem kürzer.

Auf der Höhe schaut sich Marek um und winkt den anderen lebhaft zu. Auf einer abschüssigen, saftig grünen Wiese, die kein Ende zu nehmen scheint, grast eine große Schafherde. Der Schäfer, ein hagerer, wettergebräunter Mann mit buschigen Augenbrauen und langem graublonden Haar unter seinem fleckigen Schlapphut, hält einen Zeichenblock in der Hand. Er blickt in die Ferne. Neben ihm liegen zwei zottelig schwarze, gleich große Hunde, die aufmerksam die Herde und die Wandergruppe im Auge behalten.

Als Onkel Henri dem Mann von dem einsamen Schäfchen berichtet, erfahren sie, was vorhin beim Passieren des Wanderweges vorgefallen ist. Der ungehorsame Hund eines Touristenpaares hat angriffslustig die Herde gejagt, und in dem heillosen Durcheinander muß er das kleine Tier verschreckt und durch die Lichtung hinunter in die Wiesenmulde getrieben haben.

Der Schäfer bedankt sich für die Mitteilung und eilt mit einem seiner Hunde zurück, um das versprengte Jungtier zurückzuholen. Währenddessen legt Onkel Henri mit den Kindern am Waldrand eine Rast ein. Nach einer guten halben Stunde sehen sie den Schäfer zurückkommen. Er hält das um seinen Hals gelegte Schaf an den Beinen fest. Mit lautem, wie erlöst klingendem »Mäh-mäh« springt es gleich darauf auf die Herde zu und verschwindet darin. Mit warnendem Gekläff umkreisen die Hunde die unruhig gewordenen Menge.

»Bei mehr als dreihundert Schafen merkt man nicht so leicht, wenn mal eins fehlt«, sagt der

Schäfer und bedankt sich noch einmal. Sie kommen ins Gespräch, und die Kinder staunen über seinen Werdegang. Bei Kriegsende mußte er mit seiner Familie aus Ostpreußen flüchten. Dabei hat er seine Eltern und drei seiner Geschwister verloren, ist in Hamburg hängengeblieben und hat auf der Kunstakademie Malerei studiert.

»Und vor zwei Jahren war ich alles leid, ich wollte nicht mehr so weiterleben wie bisher.« Zufrieden lächelnd fügt er hinzu: »Ich bin, wie man das heute nennt, ein Aussteiger. Nicht weit von hier, in Lenzkirch, wohnt ein guter, alter Freund. Der hat mir diesen Job bei der Genossenschaft verschafft.«

Schmunzelnd blickt er in die Runde. »Hier bin ich nun ein freier Mensch, habe keinen Streß, keine Magenschmerzen und keinen finanziellen Druck mehr und kann in aller Ruhe malen.«

Er blättert seinen Zeichenblock um und macht, während er weiterspricht und gelegentlich kurz aufblickt, eine Skizze. »Interessiert ihr euch für Mineralien? Für prähistorische Gesteinsfunde und Kristalle?«

Paolo und Marek blicken sich kurz an und nikken, obwohl sie das Thema in Naturkunde nicht sonderlich beschäftigt hat. Tina hat gar nicht zugehört. Ihre ganze Neugierde gilt der Zeichnung, die der Schäfer anfertigt. Zu Onkel Henri gewandt, sagt er: »Es lohnt sich, die Mineralienschau meines Freundes zu besichtigen. Ist für Sie überhaupt kein Umweg! Kurz vor Lenzkirch liegt Saig. Ein schöner, erholsamer Ort. Jeder kann Ihnen sein Haus zeigen. Fragen Sie nur nach ›Mineralien-Franzi‹!«

»Das werden wir tun«, erwidert Onkel Henri und drängt, in die Hände klatschend, zum Aufbruch. Mißmutig, durch die Rast faul geworden, schultern die Kinder ihre Rucksäcke.

»Das möchte ich euch zum Abschied verehren«, sagt der Schäfer und hält ihnen seine Zeichnung hin. Das Blatt versetzt alle in sprachloses Erstaunen: Das Bild zeigt – ziemlich groß – Onkel Henri, an ihn gelehnt Tina, und was sehr komisch aussieht, auf seinen Schultern sitzend, beide Jungs.

»Sie sind ja ein richtiges Genie!« sagt Onkel Henri bewundernd, und alle bedanken sich per Handschlag für das überraschende Geschenk.

»Grüßen Sie den Franzi!« ruft ihnen der Schäfer nach.

Kurz vor Erreichen des Wanderweges stürzt vor ihren Augen ein Bussard herab, schlägt eine Feldmaus und fliegt mit ihr davon.

»Saig!« ruft Marek, als er endlich das Ortsschild erblickt. Verstreut, wie buntes Spielzeug, liegen die schmucken, kleinen Häuser in dem sanft zu einem Wald ansteigenden Gelände. Hoch über dem fernen Aussichtsturm zieht ein Flugzeug einen hellen Strich durch das lichte Blau.

Onkel Henri winkt dem Fahrer eines Jeeps zu, der auf den Ort zufährt. Das Fahrzeug hält. »Können Sie uns sagen, wo wir den ›Mineralien-Franzi‹ finden?«

»Heute ausnahmsweise bei mir!« sagt der sympathische Mann hinter dem Lenkrad heiter. Er stellt sich vor: »Mein Name ist Eck.« Er deutet auf einen langgestreckten Gebäudekomplex oben am Wald. »Dort oben in meinem Hotel finden Sie den Franzi. Wir veranstalten nämlich heute ein Fest für die Kinder unserer Gäste.« Nach einem kurzen Blick auf die sichtlich vom Wandern erschöpften Tina, Paolo und Marek fügt er hinzu: »Na, wollt ihr nicht mitmachen? Ihr seid herzlich eingeladen! Bitte, steigt ein!«

Das lassen sich die Kinder nicht zweimal sagen. Als sie vor dem »Kur- und Sporthotel Saigerhöh« aussteigen, hören sie schon den Jubel auf der Wiese hinter den Tennisplätzen. Herr Eck hilft ihnen beim Ausladen der Rucksäcke, zeigt ihnen, wo sie sich frischmachen können, und eine Viertelstunde später befinden sie sich unter gleichaltrigen und jüngeren Kindern, vor denen sich gerade der »Mineralien-Franzi« als Schnellzeichner produziert.

Da macht Marek eine Entdeckung und springt vor Freude hoch. Auf einer großen Tafel stehen, mit bunter Kreide geschrieben, die Programmpunkte des Kinderfestes. Ziemlich weit unten heißt es: »16 Uhr: Wer ist der beste Spaghettikoch?«

Er läuft zu Paolo und Tina, sie tuscheln miteinander. Dann geben sie Onkel Henri zu verstehen, daß er sich, nach dem Sackhüpfen und dem lustigen Ratespiel »Köpfchen-Köpfchen«, auf etwas gefaßt machen soll. Sie können den Kochwettbewerb kaum erwarten.

Er findet in der blitzblanken Hotelküche statt. Nur acht fremde Kinder haben den Mut, Speck, Zwiebeln, Paprikaschoten und andere Gemüse anzubraten. Unter großem Hallo scheiden diejenigen aus, die ihre Spaghetti nicht rechtzeitig genug, also »al dente«, aus dem kochenden Wasser nehmen oder die ihre Soßen versalzen oder gar in der Pfanne anbrennen lassen.

Zur Überraschung von Herrn Eck und seinen neugierig zuschauenden Gästen bleiben Paolo, Marek und Tina schließlich übrig. Ihre Schürzen sind kaum bekleckert, ihre Handgriffe klappen wie am Schnürchen. Der Geschmack ihrer drei unterschiedlichen Soßen versetzt selbst den Chefkoch in Erstaunen.

»Herr Maßberger, mein Kompliment«, sagt der Hotelchef zu Onkel Henri. »Die drei sind ja absolute Spaghetti-Spitze!«

Leise, damit's kein anderer hören kann, erklärt Onkel Henri, warum die Kinder so großartig kochen können. Bei dem Wort »Spaghettibande« macht es bei Herrn Eck »klick«. Er erinnert sich, daß sein Sohn Oliver nach dem gleichnamigen Buch selbst schon zur Überraschung der Familie gekocht hat, und allen hat's geschmeckt.

Als die herumgereichten Kostproben gegessen und alle Gäste des Lobes voll sind, stellt sich der Hotelchef lachend zu den drei Kochsiegern und verkündet unter lebhaftem Beifall: »Eure Soßen haben mir gleich gut gefallen. Jede verdient einen Stern! Ich schlage vor, daß wir jetzt abstimmen! Diejenige Soße, auf die die meisten Stimmen entfallen, nehme ich ab morgen in unserer Speisekarte auf!«

Nach zwei lautstark verlaufenden Abstimmungen siegt Tina mit drei Stimmen Vorsprung vor Paolo und einer vor Marek. Frau Eck überreicht ihr den Preis: eine Schwarzwälder Kirschtorte mit einem Mini-Sonnenschirm in der Mitte.

»Und wie heißen deine Spaghetti?«

Tina schweigt verlegen. Verflixt noch mal, wie nenne ich die bloß?

Ihr fällt nichts ein. Da sagt sie in ihrer Not einfach: »Spaghetti alla Julia!«

»Ist das der Name deiner Schwester?« fragt der Chefkoch, der von ihrer Soße besonders angetan ist.

»So heißt meine Freundin«, erwidert Tina und gesellt sich, errötend für den Applaus dankend, wieder zu Onkel Henri und den Jungen.

16

Als Frau Wehrle aus dem Auto ihrer Schwägerin steigt und auf ihr Haus zugeht, hört sie hoch über sich Flügelschlagen. Es ist einer der beiden Störche, die in Pfalzgrafenweiler den Sommer verbringen. Julia hat ihnen die Namen »Daddy« und »Mami Langbein« gegeben und sich jedesmal gefreut, wenn sie einen oder gar beide von ihrem Krankenlager aus vorbeifliegen sah.

Bei dem Gedanken, daß Julia wohl nie mehr »Daddy« und »Mami« wird beobachten können, daß ihr Tod unabwendbar zu sein scheint, krampft sich ihr Herz schmerzhaft zusammen. Schluchzend läßt sie sich in einen Sessel fallen. Tränen kullern über ihr verhärmtes Gesicht.

Voller Mitgefühl legt ihre Schwägerin, die Förstersfrau, den Arm um sie. Was soll sie sagen? Wie kann sie Lotte trösten und ihr Mut machen? Sie weiß es nicht. Nur für ein paar Minuten hat sie ihre Nichte im Krankenhaus sehen dürfen, am Tropf hängend, das Gesicht noch schmaler und bleicher als sonst, mit glanzlosen Augen und blutleeren Lippen. Sie sah aus, als ob sie bereits in einer anderen Welt wäre.

»Ich kann's einfach nicht glauben«, flüstert Frau Reich, selbst den Tränen nah, und streicht ihrer Schwägerin übers Haar. »Lotte, du mußt jetzt sehr, sehr stark sein. Du mußt dich zusammenreißen! Du mußt auch an Erich denken. Ihr müßt jetzt beide fest zusammenhalten, versprichst du mir das?«

»Ach, Marianne.« Frau Wehrle trocknet ihre Tränen und putzt sich die Nase. »Es will einfach nicht in meinen Kopf, daß die Ärzte so ohnmächtig sind! Daß sie ihr nicht helfen können! Es muß doch Mittel und Wege geben! Ein so junger Mensch, ein Kind noch!« Sie seufzt und schaut zu ihrer Schwägerin auf. »Wenn Julia etwas passiert, dann möchte ich auch nicht mehr da sein.«

»Lotte, bitte! Sag so etwas nicht noch einmal! Versündige dich nicht!«

»Auch Dr. Luther, das spür' ich deutlich, glaubt nicht mehr daran, daß die Chemotherapie noch helfen kann. Die greift ja die gesunden Körperzellen mit an! Und du hast Julia doch vorhin gesehen! Sah sie nicht erschreckend aus, mit ihrer durchsichtigen Haut? Und wie apathisch sie daliegt! Sie bringt ja kaum noch ein Wort heraus!«

Da klingelt das Telefon. Erschrocken fährt Frau Wehrle hoch. Ist das schon die Hiobsbotschaft aus dem Krankenhaus?

Zitternd hebt sie ab und meldet sich. Die fremde, tiefe Stimme und der Name des Anrufers sagen ihr nicht gleich etwas, doch dann sieht sie den Mann mit dem grauen Vollbart und dem Cowboyhut sowie die drei Kinder vor sich. Er ruft aus Schluchsee an und möchte wissen, wie es Julia geht.

»Leider sehr, sehr schlecht. Ich komme gerade mit meiner Schwägerin aus dem Krankenhaus.«

»Oh, das tut mir leid. Das ist ja eine traurige

Nachricht«, sagt Onkel Henri. »Womit könnten wir Julia eine Freude machen?«

»Lieb, daß Sie das fragen, aber sie nimmt kaum noch was wahr. Ich werde sie aber von Ihnen grüßen.«

»Ja, tun Sie das bitte! Übrigens – wir haben ihr gestern eine Ansichtskarte geschrieben.«

Plötzlich fällt ihr ein, daß Julia, als sie noch zu Hause lag, nach der Adresse von Tina in Essen gefragt hat. Sie läßt sie sich von Onkel Henri sagen. Ihre Schwägerin notiert sie schnell mit.

Kaum ist das Gespräch beendet, schrillt das Telefon schon wieder. Diesmal nimmt Frau Reich ab. Lothar Mühlhaupt, der Reporter der »Schwarzwald-Zeitung«, ist am Apparat.

Lotte Wehrle übernimmt den Anruf und erfährt, daß es der Polizei gelungen ist, den Halter des Motorrades samt Freund ausfindig zu machen. Einer der Burschen habe den Diebstahl der Handtasche bereits bei der ersten Vernehmung zugegeben.

»Dann bekomme ich meine Sachen und das Geld also wieder?« fragt Frau Wehrle hoffnungsvoll.

»Da bin ich im Moment überfragt. Jedenfalls

ist es sehr erfreulich, daß der Diebstahl, dank der Hilfe Ihrer Tochter, aufgeklärt werden konnte. Ich werde Sie jedenfalls weiter auf dem laufenden halten, ich behalte den Fall im Auge. Sobald ich etwas Neues erfahre, melde ich mich wieder.«

Wie geistesabwesend legt Frau Wehrle den Hörer auf. Von »sehr erfreulich« hat der junge Reporter gesprochen. Der Ausdruck »erfreulich« ist doch wohl kaum angebracht. Letzten Endes ist die Handtasche doch nichts anderes als eine Lappalie, völlig unwichtig, nicht der Rede wert. Alles würde ich freiwillig und gern hergeben, wenn ich damit meine Julia retten könnte. Alles, alles...

»Ist das dein Ernst, Onkel Henri? In diesem großen Hotel bleiben wir heute nacht?« fragt Tina erstaunt, als sie vor dem »Waldshuter Hof« stehen.

Auch Paolo und Marek wundern sich. Mit einem so feudalen Abschluß haben sie nicht gerechnet, als sie vormittags im Schlüchttal zu ihrer letzten Etappe nach Waldshut, der alten Grenzstadt am Hochrhein, aufgebrochen sind.

»Kinder, nachdem ihr die Wanderung so großartig hinter euch gebracht habt, wollen wir es uns am letzten Abend so gemütlich und schön wie nur möglich machen.«

Tina überlegt, ob er das alles wirklich ganz ehrlich meint, denn völlig reibungslos und ohne jeden Zoff sind die Tage und die Übernachtungen im Zelt ja nicht abgelaufen. Ein paarmal hat sie sich mit den Jungs ganz schön in die Haare gekriegt, und die sich manchmal untereinander auch, aber immer nur kurz. Doch vielleicht fallen diese kleinen Reibereien für Onkel Henri nicht sonderlich ins Gewicht.

Während sich Tina in ihrem Einzelzimmer frischmacht, und Paolo und Marek in ihrem Bad beim Duschen eine wahre Wasserschlacht veranstalten, telefoniert Onkel Henri mit Frau Wehrle in Pfalzgrafenweiler und mit seiner Schwägerin in Essen.

Was er über Julias Zustand erfährt, stimmt ihn so traurig, daß er es den Kindern heute noch gar nicht sagen möchte. Es besteht nur noch ein schwacher Funken Hoffnung, wie es Frau Wehrle ausgedrückt hat, man müsse wohl schon bald mit dem Allerschlimmsten rechnen.

Onkel Henri kommt sich mit einem Mal hilflos und armselig vor, als er der Mutter ein paar tröstende Worte sagt und verspricht, wieder einmal anzurufen.

Ganz anders verläuft das Telefonat mit Ilse Maßberger. Sie freut sich nicht nur über die voll gelungene Wanderung, sondern ist auch deshalb bester Stimmung, weil sie für fünf Tage Strohwitwe ist. Bernhard fliegt am Abend nach Hongkong. Er will dort eine Geschäftsbeteiligung aufgeben und neue Hemdenlieferanten unter Vertrag nehmen. »Henri, ich finde es äußerst nett und spendabel von dir, daß du die Kinder ins Hotel einlädst«, sagt Frau Maßberger. »Du sollst aber doch nicht soviel ausgeben!«

»Das tu' ich doch gern.«

»Das Geld kriegst du auf jeden Fall von mir zurück!«

»Ilse, das kommt nicht in Frage! So ein armer Schlucker bin ich zum Glück noch nicht.«

»Na schön, du Krösus! Dann überlege ich mir, wie ich euch zünftig empfangen kann. Was hältst du davon, wenn wir alle zu Paolos Vater essen gehen? Der würde sich doch bestimmt riesig freuen und die Kinder ebenfalls.«

»Das ist eine sehr gute Idee!«

Henri will zum Ende kommen, weil Telefongespräche im Hotel immer sehr teuer sind. Da fragt Frau Maßberger: »Sag mal, mit welchem Zug kommt ihr? Ich möchte euch abholen!«

»Den Zug muß ich mir noch raussuchen!«

»Henri, mir kommt gerade eine Idee! Ich werde unseren Fahrer, der Bernhard gerade nach Frankfurt bringt, bitten, euch in Waldshut abzuholen. Wäre das nicht eine tolle Überraschung für die Kinder?«

»Meinst du, mein Bruderherz wäre damit einverstanden?«

»Damit hat er einverstanden zu sein – basta! Ich rufe ihn sofort übers Autotelefon an! Wenn du nichts mehr von mir hörst, meldet sich der Fahrer morgen früh bei dir. Du kennst ja unseren netten Herrn Budinski schon.«

»Danke, Ilse! Auto und Fahrer sind akzeptiert. Ich glaube, die drei machen einen Freudensprung, wenn sie das hören.«

»Das will ich auch hoffen.«

»Falls sie nach den zweihundert Kilometern Fußmarsch dazu überhaupt noch in der Lage sind!« sagt Onkel Henri schmunzelnd.

»Grüß die tapferen Wanderer! Gib Tina ein Küßchen! Ich kann's gar nicht erwarten, euch morgen alle wiederzusehen.«

»Dauernd diese Unpünktlichkeit!« sagt Tina und hält nach Marek Ausschau. Er läßt sich immer noch nicht blicken, dabei ist es schon Viertel vor vier. Um halb sollte er zu einem wichtigen Treffen der Spaghettibande hier sein.

Paolo und Ali, die neben ihr im Baumhaus hocken, albern herum. Ali behauptet, daß er vorige Woche schwimmen gelernt habe und schon einmal vom Drei-Meter-Brett gesprungen sei, aber das glaubt Paolo nicht. Sie schließen eine Wette ab. Morgen soll er das beweisen, der Angeber.

»Ich bin kein Angeber!« ruft Ali entrüstet. Er springt so abrupt auf, daß das Baumhaus leicht zu schwanken beginnt. Tina stößt vor Schreck einen Schrei aus.

»Ist ja nichts passiert!« ruft Ali. Zu Paolo gewandt, fügt er hinzu: »Ich kann sogar ohne Strickleiter hier runtersteigen!«

»Von hier oben? Das glaub' ich nicht!«

»Ich mach's dir vor!« Ali schwingt sich aus

dem Baumhaus, hangelt sich auf einen dicken Ast und schaut, leicht erschrocken, nach unten. Es ist verdammt tief und gar nicht so einfach, wie er sich das vorgestellt hat.

»Los! Weiter, du Angeber!«

In diesem Moment hören sie Marek vom Haus her rufen: »Hallihallo! Seid ihr noch da?«

»Blöde Frage!« sagt Tina ärgerlich und macht Platz, damit Ali wieder hereinkommen kann.

»Wir sind auf dem Mond!« ruft Paolo und beugt sich über die Seitenbretter. Marek hat bereits die Strickleiter erfaßt und erreicht, nach Luft japsend, das Baumhaus. Er zwängt sich neben Ali in die Ecke.

Mit vorwurfsvollem Blick deutet Tina auf ihre Uhr. »Zweiundzwanzig Minuten zu spät!«

»Ich hatte 'n Platten und mußte erst noch Flickzeug kaufen!«

»Also gut, fangen wir an.« Tina blickt auf einen Zettel mit Notizen. »Erster Punkt: Onkel Henri bleibt noch bis Sonntag bei meinen Eltern, dann fährt der zu Oma Lüneburg. Aber er kommt noch mal für ein paar Tage zurück.«

»Echt super!« sagt Paolo. Die anderen Jungs nicken.

»Zweiter Punkt: Da wir jetzt vollzählig sind, möchte ich beantragen, daß die Spaghettibande ein neues Mitglied in ihren Klub aufnimmt! Hat einer was dagegen?«

Marek winkt gelangweilt ab. »Das verstößt doch gegen unsere Klubregeln! Kein Erwachsener kann ...«

»Bist du blöd!« fällt ihm Tina ins Wort. »Ich sprech' doch nicht von Onkel Henri – ich spreche von Julia.«

»Wer ist denn das?« fragt Ali verwundert. Der Name sagt ihm nichts.

»Das kranke Mädchen, das wir im Schwarzwald besucht haben!« erklärt Tina. – »Wir haben dir doch schon davon erzählt!« fügt Paolo ungeduldig hinzu. – »Aber keinen Namen genannt!« behauptet Ali und wartet darauf, daß Tina weiterspricht.

Marek hebt die Schultern. »Kann mir einer verraten, warum wir sie aufnehmen sollen?«

»Damit ich nicht das einzige Mädchen in der Spaghettibande bin! Und weil sie uns alle kennt und mag, und weil sie sehr krank ist. Onkel Henri hat gesagt, wir sollten uns überlegen, wie wir ihr eine Freude machen könnten. Wenn wir ihr den Klubausweis schicken, freut sie sich bestimmt.«

Paolo hebt die Hand hoch. »Okay, ich bin dafür! Sonst noch jemand? Hand hoch!«

Die andern Jungs stimmen ebenfalls zu. Tina erklärt sich bereit, Julia sobald wie möglich den Ausweis zu schicken. Nach einem Blick auf ihren Zettel fügt sie hinzu: »Soll ich ihr auch das Rezept ›Spaghetti alla Julia‹ schicken?«

»Logo! Was meinst du, wie stolz sie dann ist!«

Verlegen blickt Tina in die Runde. »Paolo, erinnerst du dich noch, was ich alles für die Soße genommen habe? Ich hab' mir nämlich nichts gemerkt, sondern einfach nur genommen, was da lag. Außerdem ging alles viel zu schnell in der Hotelküche!«

Übermütig lachend boxt Paolo die Freunde in die Seite.

»Habt ihr das gehört? Und so was nennt sich Meisterköchin und kriegt eine Schwarzwälder Kirschtorte! Vergißt glatt ihr Rezept! Typisch! Mir würde das nicht passieren!«

»Wenn du so schlau bist, schreib mir das Rezept gefälligst auf!« sagt Tina und hebt die Hand hoch. »Ist einer von euch anderer Meinung?

Keine Gegenstimme! Ich stelle fest: Damit ist das ohne Gegenstimme beschlossen!« Sie steckt ihren Zettel ein. »Hat noch einer eine Frage? Nein? Gut, dann ist das Sondertreffen der Spaghettibande hiermit beendet!«

Als Onkel Henri Donnerstag mittag vom Einkaufen aus der Stadt kommt, wird er vor der Villa seines Bruders von Paolo und Marek erwartet. Sie steigen von ihren Rädern und strekken ihm lachend den rechten Daumen hoch, so wie auf der Wanderung, wenn alles okay war. »Wartet ihr auf Tina?«

»Auf dich!« erwidert Paolo. »Wir wollten dir auf Wiederseh'n sagen! Du fährst doch zu Oma Lüneburg!«

Er nickt. »Ja, Sonntag. Und anschließend besuche ich noch alte Bekannte in Lübeck und Hamburg. Danach komme ich wieder, aber nur für ein paar Tage.«

»Dann sind wir nicht mehr da!« sagt Marek und deutet Schwimmbewegungen an. »Dann tummeln wir uns im Mittelmeer!«

»Na, das ist ja großartig!«

»Ja, das ist echt super! Ich darf mit Paolo und

seiner Mutter nach Castiglione fahren! Zu seiner Großmutter!«

»Da beneide ich euch! Sonne, Meer, Spaghetti, Vino! Das würde ich auch gern erleben!«

»Komm doch hin! Besuch uns!« sagt Paolo spontan. Kein Zweifel: Ihm würde es dort großartig gefallen, und er könnte bestimmt bei allen Verwandten logieren.

»Das geht leider nicht. Aber wir sehen uns sicher irgendwann, irgendwo mal wieder. Vielleicht kommt ihr eines Tages mal nach Amerika! Platz gibt's genug in meinem bescheidenen Haus!«

Die Jungs schauen sich kurz an. Das Stichwort ist gefallen: Amerika! Das bedeutet Abschied, Trennung, sich aus den Augen verlieren!

Umständlich kramt Marek in seiner Hosentasche und holt einen Zwanzig-Mark-Schein heraus.

Nach einem Blickwechsel mit seinem Freund sagt er: »Das ist unser zusammengelegtes Taschengeld. Und jetzt paß auf, Onkel Henri!« Mit einem zufriedenen Lächeln hebt er den Geldschein hoch und zerreißt ihn – ritsch – in zwei Teile.

Paolo nimmt ihm eine Hälfte aus der Hand und überreicht sie feierlich Onkel Henri. »Die ist für dich…«

»…und die andere behalten wir!«

»Du mußt aber ebensogut darauf aufpassen wie wir!«

Gerührt nimmt Onkel Henri die Jungs in die Arme. »Das tu' ich! Darauf könnt ihr euch verlassen!« Bei Betty hat es damals funktioniert, denkt er, warum nicht auch diesmal?

Voller Zuversicht erwidert Paolo: »Jetzt wissen wir hundertprozentig, daß wir uns wiedersehen werden.«

»Ihr seid wirklich liebe, treue Burschen! Ich werde euch nie vergessen! Ich bin richtig froh, daß wir uns kennengelernt haben. Ihr seid jetzt meine besten Freunde in Old Germany!«

»And you are our good friend in young America!« erwidert Paolo in seinem Schulenglisch und strahlt übers ganze Gesicht.

Mit dem ungeduldigen Felix an der Leine, der alle paar Meter das Beinchen hebt, kommt Tina vom Briefkasten zurück. Sie ist froh, daß endlich der Brief mit dem Klubausweis weg ist. Sie hat noch die Zeichnung, die der Schäfer von ihnen allen gemacht hat, dazugelegt. Darüber wird sich Julia ganz bestimmt freuen.

»Für dich ist ein Päckchen gekommen! Es liegt oben!« ruft Gertrud aus der Küche. Mißtrauisch beobachtet sie den Dackel. Er hat sich erwartungsvoll vor den Tisch gesetzt, wo ihm der Duft der Aufschnittplatte entgegenweht.

Tina hängt die Hundeleine an den Haken. »Ist Mama immer noch nicht zurück?« Ohne Gertruds Antwort abzuwarten, springt sie die Treppe hinauf, immer zwei Stufen auf einmal. Wer kann ihr was geschickt haben? Sie hat weder Geburtstag, noch gibt es sonst einen Grund.

Die Sendung ist kein Päckchen, sondern ein dicker, mit breiten Klebestreifen verschlossener, wattierter Umschlag. Absender: »Lotte Wehrle, 7293 Pfalzgrafenweiler«.

Nanu, was schickt mir denn Julias Mutter? denkt Tina und schneidet hastig mit Papas Schere den Umschlag auf. Zu ihrer Überraschung ist etwas in Geschenkpapier Verpacktes darin und ein länglicher Briefumschlag mit ihrem Namen darauf.

Zunächst öffnet sie neugierig das Geschenk.

Sie glaubt ihren Augen nicht zu trauen: Julias Tagebuch, das mit dem winzigen Schloß, kommt zum Vorschein! Auf dem runden, rosafarbenen Aufkleber steht mit zittriger Schrift geschrieben: *Für meine Freundin Tina.*

Warum schickt sie mir ihr Tagebuch? Was soll ich damit – ohne den Schlüssel? Irritiert schlitzt Tina den Brief auf. Als sie den ersten Satz liest, flüstert sie erschrocken: »Nein, das ist nicht wahr!«

Julia ist tot! Wie kann man nur so plötzlich sterben? Wir haben doch noch vor acht Tagen miteinander gesprochen! Und jetzt ist sie...

Aufgeregt überfliegt Tina den Brief. Am mittleren Absatz bleiben ihre Augen hängen. »Als ich am letzten Abend noch einmal bei ihr war, gab sie mir das Tagebuch mit den Worten: ›Das ist für Tina, für die Spaghettibande! Das mußt du ihr bitte schicken, wenn ich bei Omi bin...‹« Die Schrift verschwimmt vor ihren Augen, Tränen laufen ihr übers Gesicht. Aufschluchzend wirft sich Tina auf ihr Bett. Julia lebt nicht mehr! Mein Brief kommt zu spät! Sie hat nicht mehr erfahren, daß wir sie in unseren Geheimklub aufgenommen haben.

Als sie sich wieder beruhigt hat, liest sie den Brief bedächtig zu Ende. In einem Nachsatz schreibt Frau Wehrle: »Eure schöne Ansichtskarte aus St. Georgen war die letzte Freude, die Julia noch erlebt hat. Wir danken euch dafür. Grüß bitte Deine beiden Freunde, besonders aber Deinen Onkel.«

Sie läßt, von Tränen wieder blind, das Blatt fallen und stellt sich vor, daß Julia jetzt schon auf einem Friedhof liegt. Wahrscheinlich ist ihr Grab voll mit Kränzen und Blumen, und es haben viele Menschen davorgestanden und geweint. »Ach, Julia, meine Freundin, und ich weiß so wenig von dir.«

Wie kann ich das Tagebuch nur öffnen? überlegt Tina. Sie schaut nach, ob im großen Umschlag ein Schlüssel liegt. Nein. Vielleicht in dem kleinen? Tatsächlich – in der Ecke hängt er fest.

Ihr ist sonderbar, fast ängstlich zumute, als sie das kleine Schloß öffnet, die erste Seite aufschlägt und zu lesen beginnt.

»Ach, hier steckst du?« fragt Onkel Henri. In seinen bunten Shorts steht er in der Tür und wundert sich, daß Tina bei diesem herrlichen Wetter bei geschlossenem Fenster auf dem Bett liegt, die Augen zur Decke gerichtet. »Was hältst du davon? Wollen wir eine Runde schwimmen?«

Tina richtet sich auf. Er sieht ihre verweinten Augen. Was ist los? Vor einer Stunde war sie doch noch so fröhlich.

»Onkel Henri – Julia ist tot.«

»Was sagst du da?«

»Ihre Mutter hat mir geschrieben und das hier mitgeschickt!« Sie schlägt das Tagebuch an der Stelle auf, die sie mit dem roten Band gekennzeichnet hat. »Lies das mal! Da hat Julia etwas über uns geschrieben.«

Verwundert nimmt Onkel Henri das Tagebuch in die Hand und sieht die Widmung für Tina auf dem roten Ledereinband. Er schluckt vor Rührung. Daß er lesen soll, was das Mädchen diesem Buch anvertraut hat, widerstrebt ihm. Aber dann tut er es doch.

»Heute war die Spaghettibande bei mir. Tina ist genauso, wie ich sie mir vorgestellt habe. Wir sind jetzt Freundinnen. Mit Paolo und Marek habe ich kaum gesprochen. Sie haben mich eingeladen. Wenn ich gesund bin, fahre ich bestimmt hin.« Absatz. »Sie haben einen Onkel. Der heißt Henri. Mit weißem Bart. Er scheint sehr nett zu sein und sieht aus wie ein Weihnachtsmann im Sommer, nur ohne roten Mantel und Kapuze. Er wandert mit der Spaghettibande, weil Ferien sind, durch den ganzen Schwarzwald.«

Bewegt legt Onkel Henri das Tagebuch aus der Hand. Er sieht das Mädchen vor sich, das schmale Gesicht, die dünnen Ärmchen, und er erinnert sich, mit welcher Neugier sie ihn angeschaut hat. Und jetzt ist sie das Opfer dieser tückischen Krankheit geworden. Es geht ihm sehr nah. Er tritt ans Fenster und schaut schweigend in den Garten, wo gerade ein Eichhörnchen elegant von einem Baum auf den anderen springt.

»Onkel Henri, woran denkst du?«

»Woran ich denke?« Versonnen wendet er sich um, verschränkt die Arme und streicht über seinen Bart. Er war mit seinen Gedanken weit weg.

Tief durchatmend, setzt er sich zu Tina aufs Bett. »Ich versuche, mich an das Sprichwort zu erinnern, das ich Betty in ihr Poesiealbum geschrieben habe.«

»Und wie hieß der Spruch?«

»Moment, gleich habe ich ihn wieder beisammen.« Nach einer Weile fährt er fort: »Das Sprichwort sagt viel aus über das, was uns Menschen auferlegt ist. Über das, was wir alle erleben, was wir mitmachen und ertragen müssen – von der Kindheit bis ins Alter.«

Liebevoll blickt er Tina an. »Woher der Spruch stammt und wer ihn geschrieben hat, weiß niemand. Es muß auf jeden Fall ein kluger Kopf gewesen sein.«

»Du machst mich richtig neugierig!«

Da beginnt Onkel Henri langsam und bedächtig zu rezitieren:

»Ich leb' und weiß nicht wie lang,
ich sterb', ich weiß nicht wann,
ich fahr', ich weiß nicht wohin:
Mich wundert, daß ich so fröhlich bin.«

Spaghetti-Kochschule
mit
13 tollen Rezepten

Spaghetti-Kochen macht Spaß! Diese Spaghetti-Kochschule sagt euch, wie es gemacht wird. Alle Rezepte sind immer für zwei Personen gedacht. Möchten mehr Personen mitessen, zählt ihr die entsprechenden Mengen einfach hinzu. (Bei drei Personen die Hälfte mehr nehmen, bei vier das Doppelte usw.) Für zwei Personen braucht man etwa 200 Gramm Spaghetti. Es sieht zwar aus, als ob's nicht langen würde, aber keine Bange: Beim Kochen verdreifacht sich das Gewicht der Spaghetti!

200 Gramm Spaghetti kocht man in zwei Liter Wasser, in das zwei Teelöffel Salz (ca. 20 g) gehören. Legt die Spaghetti aber erst ins Wasser, wenn es sprudelnd kocht. Sie weichen gleich auf

und lassen sich deshalb leicht mit einem Holzlöffel unter Wasser drücken. – Rührt, besonders zu Kochbeginn, die Spaghetti ein paarmal um, damit sie nicht im Topf und aneinander kleben. Keinen Deckel drauftun!

Spaghetti sollte man – wie es die Italiener als leidenschaftliche Spaghetti-Esser nennen – »al dente« kochen, also bißfest – nicht weich. Die Kochzeit richtet sich nach der Spaghetti-Sorte. Sie beträgt etwa acht Minuten, bei ganz dünnen Spaghetti (Nr. 1) braucht man weitaus weniger Kochzeit. Ratschlag: Nehmt eine gute Spaghetti-Sorte und prüft beim Kochen rechtzeitig genug, ob sie al dente sind, indem ihr mit dem Holzlöffel eine Spaghetti herausfischt und sie kostet. Schüttet die Spaghetti, wenn es soweit ist, in ein Sieb, laßt sie abtropfen und gebt sie in einen vorgewärmten Topf oder gleich auf die Teller. Wichtig ist – und das merkt euch gut: Laßt niemals die Spaghetti im Kochwasser liegen! Dann werden sie nämlich zu weich. In der Regel kommen die Spaghetti und die jeweilige Soße getrennt auf den Tisch. Wer mag, streut auf sein Spaghettigericht etwas geriebenen Parmesankäse – aber nur dann, wenn für die Soße keine

Sardellen oder andere Fische genommen wurden! Da fast immer die Zubereitung der Soße länger dauert als das Spaghetti-Kochen selbst, beherzigt diesen Rat: Fangt mit der Soße an! Laßt inzwischen den Topf Wasser schon mal heiß werden, und wenn die Soße fast fertig ist: Hinein mit den Spaghetti in das kochende Wasser und pünktlich herausnehmen.

Guten Appetit!

Das braucht ihr zum Spaghetti-Kochen:

- einen großen Topf (ohne Deckel) für die Spaghetti
- eine Pfanne für die Soße
- einen großen Holzlöffel zum Umrühren
- eine große Holzgabel zum Herausnehmen der garen Spaghetti
- ein Küchenbrett für das Herrichten der Zutaten
- Pfeffer, Salz und – je nach Rezept – verschiedene Gewürze und Zutaten, wie z. B. Tomaten, Sahne, Eier, Sardellen, Senf u. a.

Und so ißt man Spaghetti: Spaghetti werden mit der Gabel »gewickelt«. Das geht so: Man zieht mit den Zinken zwei bis drei Nudeln aus der Portion heraus und wickelt sie am Tellerrand durch Drehen der Gabel auf. Dabei sollte die Gabel möglichst senkrecht gehalten werden. Auf keinen Fall Spaghetti mit dem Messer kleinschneiden! (Einem Italiener würden sich die Haare sträuben, wenn er das sähe.) Beim Essen bleibt es natürlich nicht aus, daß die eine oder andere Nudel, etwas unschön, an der Gabel herunterbaumelt. Für einen erfahrenen Spaghetti-Genießer ist das kein Problem. Er läßt die störrische Nudel mit dezentem Schlürfen zwischen den Lippen verschwinden und achtet beim nächsten Aufwickeln darauf, daß die Gabel nicht zu voll ist.

Spaghetti mit Muschelsoße

Zutaten:
300 g Tomaten
1 Dose Muscheln
1/3 Becher Schlagsahne
2 Knoblauchzehen
1 Bund Petersilie
3 Zwiebeln
Salz, frisch gemahlener Pfeffer
Olivenöl

So wird die Soße zubereitet: Die Tomaten kurz in kochendes Wasser legen, abschrecken (d. h. mit kaltem Wasser übergießen), ausdrücken und kleinschneiden. Knoblauch und Zwiebeln schälen und in Scheiben schneiden. Das Öl in der Pfanne erhitzen, die Zwiebelringe und Knoblauchscheibchen darin glasig dünsten und die vorbereiteten Tomaten dazugeben. Bei milder Hitze in der geschlossenen Pfanne brutzeln lassen. In der Zwischenzeit die Spaghetti al dente, also bißfest kochen. Sahne, gehackte Petersilie und die abgetropften Muscheln unter die Soße rühren und mit Salz und Pfeffer abschmecken. (Eventuell zu dick geratene Soße notfalls mit zwei, drei Löffeln Nudelwasser flüssiger machen.) Die Soße über die Spaghetti gießen.

Spaghetti mit Käse

Zutaten:
100 g (nicht zu reifer) Gorgonzola
1 Eßl. Butter
1/3 Becher Schlagsahne
Salz, frisch gemahlener Pfeffer

So wird die Soße zubereitet: Den Käse in kleine Würfel schneiden. Die Butter und die Käsewürfel in der Pfanne bei milder Hitze erwärmen, bis der Gorgonzola geschmolzen ist. Zwei Drittel des Rahms dazugießen und mit Salz und Pfeffer würzen. Die (gleichzeitig) al dente gekochten, gut abgetropften Spaghetti in die Pfanne geben, den restlichen Rahm darübergießen und mit zwei Gabeln gut durchmischen.

Spaghetti alla Onkel Henri

Zutaten:
2 Sardellenfilets
15 schwarze Oliven
2 Knoblauchzehen
5 frische Basilikumblätter
1/2 Teelöffel Kapern
1/2 Teelöffel Oregano
Salz, Pfeffer, Olivenöl
Tomatenketchup

So wird die Soße zubereitet: Den geschälten Knoblauch, das gewaschene Basilikum, die Sardellenfilets und die Kapern fein hacken. Die Oliven entkernen und in Längsrichtung vierteln. Alle diese Zutaten in das in der Pfanne erhitzte Olivenöl geben, mit Oregano und Ketchup gut verrühren und knapp fünf Minuten auf kleiner Flamme lassen. Dann die Soße auf die al-dente-Spaghetti gießen.

Knoblauch-Spaghetti

Zutaten:
1 rote und 1 grüne Paprika
3 Knoblauchzehen
frisch geriebener Parmesankäse
1 Bund Petersilie
Olivenlöl, Salz, schwarzer Pfeffer

So wird die Soße zubereitet: Die Paprika längs aufschneiden und die Kerne herauskratzen. Dann gründlich waschen und in feine Streifen schneiden. Den gepellten Knoblauch fein würfeln und die Petersilie grob hacken. Das Öl in der Pfanne heiß werden lassen und die Paprikastreifen sowie den Knoblauch darin anbraten. Die (inzwischen al dente gekochten und gut abgetropften) Spaghetti dazutun, alles miteinander vermengen, servieren und mit der kleingeschnittenen Petersilie und reichlich Parmesan bestreuen.

Fisch-Spaghetti

Zutaten:
200 g Fischfilet
Tomatenketchup
Muskatnuß
30 g Butter
1 Zwiebel
Olivenöl, Salz, Pfeffer

So wird die Soße zubereitet: Öl in der Pfanne erhitzen und die zerkleinerte Zwiebel darin abräunen lassen. Die in kleine Stücke geschnittene Fischfilets dazugeben und mit Pfeffer und Salz würzen. Sobald die Filets braungebraten sind, Ketchup hinzugeben, köcheln lassen und mit einer Prise Muskat würzen. Die Soße auf die al dente gekochten Spaghetti gießen.

Spaghetti mit Krabben

Zutaten:
200 g geschälte Krabben
250 g Tomaten
Olivenöl
2 Knoblauchzehen
1 Bund Petersilie
Salz, frisch gemahlener Pfeffer

So wird die Soße zubereitet: Die Krabben kurz abbrausen. (Wer tiefgefrorene nimmt, diese rechtzeitig auftauen lassen!) Die geschälten Knoblauchzehen und die gewaschene Petersilie fein hacken. Tomaten kurz in kochendes Wasser legen, abschrecken. Das Öl in der Pfanne erwärmen und darin (bei milder Hitze) Knoblauch und die Petersilie etwa fünf Minuten anbraten, die Krabben dazugeben, umrühren und kurz ziehen lassen. (Für Erwachsene: Eine Tasse trokkenen Weißwein hinzugießen und verdampfen lassen.) Die zerkleinerten Tomaten untermischen und mit Salz und Pfeffer würzen. Alles zirka eine Viertelstunde garen lassen. (Wie immer bei allen Fischsoßen: Zum Schluß keinen Parmesankäse über das Gericht streuen!)

Spaghetti alla Julia

Zutaten:
3 Eier
1 Eßl. geriebener Schafkäse
2 Eßl. Griebenschmalz
1 Bund Petersilie
Salz, frisch gemahlener Pfeffer
1 Eßl. Butter

So wird die Soße zubereitet: Die gut gewaschene, feingeschnittene Petersilie in einer Schüssel mit den Eiern, Salz, reichlich Pfeffer und dem Käse gut verschlagen. Das Griebenfett mit der Butter in der Pfanne erhitzen und bei kleiner Flamme warm halten. Beim Abgießen der al dente gekochten Spaghetti eine viertel Tasse Kochwasser auffangen, es mit den Nudeln in das Fett geben und gut vermischen. Die Eier-Käse-Masse darübergießen und so lange rühren, bis die Eier gerade zu stocken beginnen. Servieren und – je nach Bedarf – mit der Pfeffermühle noch zusätzlich würzen.

Spaghetti mit Thunfisch

Zutaten:
1 Dose Thunfisch
1/4 l süße Sahne
1 Eigelb
2 Eßl. geriebener Parmesan
1 Knoblauchzehe
1 Bund Petersilie
1 Eßl. Butter
2 Eßl. Olivenöl
Salz, frisch gemahlener Pfeffer

So wird die Soße zubereitet: Den geschälten Knoblauch mit der Petersilie und dem Thunfisch zusammen fein hacken. Olivenöl und die Hälfte der Butter in der Pfanne erwärmen und das Gehackte – unter stetem Umrühren – bei milder Hitze sanft köcheln lassen. Den Butterrest warm machen und – zusammen mit der Sahne, dem Eigelb und dem Parmesankäse – in einer kleinen Schüssel verrühren und mit Salz und Pfeffer würzen. Die Thunfischsoße mit dem Eierrahm in einer vorgewärmten Schüssel mischen und mit den Spaghetti servieren. Wer's liebt: mit einer Pfeffermühle nachwürzen.

Champignon-Spaghetti

Zutaten:
200 g Tomaten
250 g Champignons
2 Knoblauchzehen
frisch gemahlener Peffer
60 g Butter
frisch geriebener Parmesan
Salz, 1 Eßl. Olivenöl

So wird die Soße zubereitet: Tomaten kurz in kochendes Wasser legen, abschrecken, enthäuten, vierteln und entkernen. Den gepellten Knoblauch in dünne Scheibchen schneiden. Champignons waschen, putzen und in Scheiben schneiden. Die Butter in der Pfanne aufschäumen, die Pilze beidseitig kurz anbräunen lassen, salzen, mit einer Kelle aus der Butter nehmen und über die al dente gekochten Spaghetti geben. Im heißgemachten Öl die Knoblauchscheibchen kurz glasig werden lassen, Tomaten dazutun und einmal durchschwenken. Mit Salz und Pfeffer würzen, über die Spaghetti gießen und alles locker miteinander mischen. Zum Schluß mit Parmesan bestreuen.

Spaghetti mit Steinpilzen

Zutaten:
30 g getrocknete Steinpilze
100 g Zwiebeln
200 g Crème fraîche
1 Bund Schnittlauch
30 g Butter
Salz
frisch gemahlener Pfeffer

So wird die Soße zubereitet: Die Pilze in gut einem halben Liter lauwarmem Wasser einweichen. Geschälte Zwiebeln fein schneiden und in der heißen Butter glasig dünsten. Pilze mit der Einweichflüssigkeit und Crème fraîche dazugeben und bei mittlerer Hitze eine Viertelstunde dünsten lassen. Mit Salz und Peffer kräftig würzen. (Erwachsene können noch zwei Eßlöffel Sherry dazutun.) Schnittlauch in Röllchen schneiden, über die Soße streuen und mit den al-dente-Spaghetti servieren.

Sportler-Spaghetti

Zutaten:
Blattspinat (tiefgefroren)
1/2 Becher Sahne
2 Zwiebeln
Olivenöl, Salz
frisch gemahlener Pfeffer
100 g Mozzarella

So wird die Soße zubereitet: Das Öl in der Pfanne erhitzen und darin die geschälten, feingehackten Zwiebeln andünsten. Den aufgetauten, zerkleinerten Spinat dazugeben, mit der Sahne vermengen und mit Salz und Pfeffer würzen. Das ganze über die Spaghetti geben und mit dem in Scheiben geschnittenen Mozzarella belegen.

Feine-Leute-Spaghetti

Zutaten:
50 g Cocktailshrimps
100 g frische Champignons
40 g Butter
gemahlener weißer Pfeffer
etwas Petersilie
1 mittelgroße Zwiebel
1 Knoblauchzehe
Tomatenketchup
2 Eßl. Olivenöl

So wird die Soße zubereitet: Die Butter in der Pfanne schmelzen und die geschälte, feingeschnittene Zwiebel mit den gut gewaschenen, in Scheiben geschnittenen Champignons darin anbräunen lassen. Den Knoblauch durch eine Knoblauchpresse drücken, die gewaschenen Shrimps dazugeben, verrühren und auf mittlerer Hitze drei bis vier Minuten köcheln. Ketchup, Salz, Pfeffer und einen Eßlöffel kleingehackte Petersilie hineingeben, verrühren und weitere vier Minuten auf gleicher Hitze brutzeln. Die al-dente-Spaghetti in der Pfanne mit der Soße vermischen, auf die Teller verteilen und mit der übriggebliebenen Petersilie bestreuen.

Sesam-Spaghetti

Zutaten:
1/2 Bund Petersilie
30 g Sesamsamen
1 Knoblauchzehe
2 Eßl. Sonnenblumenöl
Salz, frisch gemahlener schwarzer Pfeffer
20 g frisch geriebener mittelalter Goudakäse

So wird die Soße zubereitet: Petersilie waschen, trockentupfen und fein zerkleinern. Geschälte Knoblauchzehe fein hacken. Sesamsamen im heißen Öl bei mittlerer Hitze (unter ständigem Umrühren) rösten, bis sie zart duften. Den Knoblauch und die Hälfte der Petersilie dazugeben. Pfanne von der Kochstelle nehmen. Die al dente gekochten, abgetropften Spaghetti mit der Sesammischung, dem Käse und Pfeffer verrühren. Auf die Portionen die restliche Petersilie streuen.

Wolfgang Bittner

Wo die Berge namenlos sind

192 Seiten, gebunden

«Ist es heute, lange nach Karl May oder Cooper, überhaupt noch möglich, einen spannenden Abenteuerroman für Kinder und Jugendliche zu schreiben, der in der Wildnis spielt? Daß so etwas funktioniert, beweist Wolfgang Bittner in seinem packenden Buch.»
Wochenblatt für die Soester Börde

«Stefan, der aus Deutschland kommt, und David, ein Schotte mit kanadischer Staatsbürgerschaft, treffen sich am Ufer eines Sees und beschließen, gemeinsam weiterzureisen. Die beiden erleben allerlei zum Teil skurrile, manchmal auch lebensbedrohliche Abenteuer... Vor dem lesenden Auge entstehen Landschaft, Menschen und Tiere; die Lebensbedingungen fern der Metropolen wie auch verschiedene Lebensschicksale werden genau und sprachsensibel dargestellt.»
Bulletin Jugend + Literatur

«Wolfgang Bittner hat in seinem Abenteuerroman nicht gespart an aufregenden Episoden... Sein Buch liest sich dennoch keineswegs wie eine wilde Abenteuergeschichte. Eher sachlich und dennoch spannend schildert er die Erlebnisse der beiden jungen Männer, die sich in einer ihnen fremden Umgebung behaupten müssen. Liebevoll beschreibt er die unberührte kanadische Landschaft.»
Kölner Stadtanzeiger

Wolfgang Bittner
Narrengold

192 Seiten, gebunden

Ein junger Deutscher kommt in den Norden Kanadas, wo er vorübergehend einen gutbezahlten Job in einer Goldmine findet. Die Arbeit ist hart und eintönig.

Ein Bär, den die Küchenabfälle ins Lager locken, und ein Erdrutsch sorgen für Aufregung unter den Arbeitern. Aber auch die fragwürdigen Unternehmungen des Minenbesitzers, der sich auf Kosten seines Teilhabers und seiner Arbeiter bereichern will. Sein falsches Spiel ist zunächst nicht beweisbar, die Minenarbeiter wirft er, als sie gegen die ungerechte Behandlung protestieren und schließlich die Arbeit niederlegen, kurzerhand raus. Lohnforderungen bleiben offen. Ein Prügelkommando verfolgt Steve, der auf der Auszahlung des ihm zustehenden Geldes besteht.

Es gelingt ihm, zu fliehen und sich bei Indianern zu verstecken, die abseits am See bei warmen Quellen leben. Hier freundet er sich mit dem Indianer Jake Magun und dessen Frau Kathy an, mit Hazel und der alten Mida. Er hört die überlieferen Geschichten von der Entstehung der Menschen, dem Leben der Indianer von der Goldsuche. Allmählich beginnt er sich wohlzufühlen, geht jagen und fischen und lernt die Situation der Indianer mehr und mehr begreifen.

Sie wurden und werden an den Rand der Zivilisationsgesellschaft gedrängt, denn sie haben andere Wertvorstellungen als die Weißen und sind deren Rücksichtslosigkeit nicht gewachsen.